Kadokawa Fantastic Novels
西 条陽
插畫
Re岳
I'm fine with
being the
second girlfriend.
U0045723
1
volume
one
我當
備胎女友
也沒關係

contents

「其實呢，我一直都想試試看這麼做。」
早坂同學朝我貼上來的身體，
柔軟溫熱又帶點汗濕。
她的氣息拂過我的胸膛，
讓我的肌膚
也不禁熾熱了起來。

我當備胎女友也沒關係。

1

volume
one

Kadokawa Fantastic Novels

序章

放學後，我們兩個為了避人耳目而繞遠路回家。

這是一條在冷清的鐵路旁，左右分別設有柵欄跟水泥牆的狹窄單行道。

「好熱喔。」

走在我身旁的早坂同學這麼說。

身穿清爽的夏天制服，頭髮剪得整整齊齊，露出靦腆表情的她看起來有些稚嫩。

「我口渴了。」

她拿起不久前在自動販賣機買來的汽水喝了一口，然後問我：

「桐島同學也要喝嗎？」

「可以嗎？」

「嗯。」

早坂同學乾脆地將寶特瓶遞了過來。雖然書包裡面放著裝有綠茶的水壺，但是這種豔陽高照的天氣，的確會讓人想喝冰涼的碳酸飲料。

但是這樣真的好嗎？

我不經意地看著早坂同學剛喝完汽水的水嫩雙唇。

要是直接喝的話，完全就是那個，間接接吻了。

但早坂同學臉上卻浮現有如清純少女般，像是絲毫沒有這種想法似的笑容。

要是有所遲疑的話，反而會讓她認為我很在意。

於是我裝作若無其事地拿起汽水喝了一口。

「間接接吻了呢。」

她的這句話害我瞬間嗆到。

「……我說早坂同學，妳是在捉弄我吧。」

「嘻嘻。」

早坂同學比了個勝利手勢，卻沒有顯露太多喜悅的表情，臉頰也有點泛紅。

「別自己做了之後又害羞啦。」

「我、我才沒害羞呢。」

雖然嘴上這麼說，但早坂同學明顯也對此感到害羞，並且說著「比起這個」轉移了話題。

「午休的時候你好像跟朋友聊得很開心耶。」

「那傢伙似乎暗戀上了某個人。」

「咦？原來桐島同學的朋友會找你商量戀愛話題嗎？」

「很不適合我吧，我不僅長得很普通，還戴著眼鏡。」

「不過我很喜歡桐島同學的外表喔，畢竟給人的感覺就像是個書呆子，形象很明確嘛。」

「妳完全沒在幫我說話吧。」

「然後呢然後呢？你給了朋友什麼建議？」

「對單純接觸效果做了說明。」

聽我這麼說完，原本眼睛發亮的早坂同學突然「嗯」的一聲露出了複雜的表情。

「該怎麼說呢。總覺得很那個耶，很有桐島同學的風格。」

「這絕對不是在稱讚我吧。」

所謂的單純接觸效果，指的是「人們容易對經常接觸的事物產生好感」的心理效果。也能用來說明人們會因為看過廣告而產生購買意願，或是比起在遠方的人，人們更容易喜歡身邊的人一類的想法。

「人會對認識的東西抱持好感，所以我給了要他每天去跟喜歡的女孩子見面的建議，例如打招呼或是借東西之類的。」

「嗯，單純接觸效果嗎。」

早坂同學邊說著「原來如此」邊點著頭，露出了像是要惡作劇的表情。

「……那麼我們也來試試看吧。」

她用手背輕輕在我的手上點了幾下。

「來牽手吧。」

「不，這裡所謂的接觸，指的是視覺或聽覺之類知覺方面的……」

「可是直接碰到說不定會更有效果喔？不如說一定是這樣沒錯。」

她在不知不覺間，已經將原本揹在肩上的書包移到了另一邊的肩膀上。

因為靠得很近，使我不禁緊張了起來。

——直接碰到說不定會更有效果喔？

雖然早坂同學肯定是隨口說說的，但或許真的是這樣。

我光是不經意地跟沒有感覺的女孩碰到肩膀就會怦然心動，要是在鬼屋之類的地方被抱住，我有把握自己一定會喜歡上對方。

這大概就是無法用大腦控制的心理機制吧。

觸摸這種行為有種特別的魔力。

如果真的跟早坂同學牽手會怎麼樣呢？

或許我會變得比想像中更加喜歡早坂同學，而早坂同學也會變得比預料之中更加喜歡我也說不定。

「吶，桐島同學。」

早坂同學的手背再次朝我靠了過來。

距離逐漸貼近，我的手臂快要觸碰到早坂同學的胸部了。

早坂同學雖然一臉純真，身體卻早已充滿成熟韻味。

突然湧現出的羞恥感使我連忙偏過頭去。

「關於牽手這方面的理論飛躍過頭了，該說是不適合用來檢證心理效果嗎——」

「總是像這樣找理由逃避，就是桐島同學你的壞習慣喔。」

早坂同學打算握住我的手。

於是我將手藏進了褲子的口袋裡。

「哼——那我就自己挽著你的手嘍。」

見早坂同學作勢抱了上來，我連忙逃到路邊。

儘管我們保持著一段距離行走，但由於她說要挽著我的手臂，視線便下意識地停留在她白色罩衫的胸口附近。

「嘻嘻，我好像明白桐島同學害羞的理由了。」

「那可不一定。」

「要是接觸得更頻繁的話，我們的感情或許會變得更好也說不定喔？」

早坂同學露出壞心眼的表情，突然充滿幹勁地貼了上來。

我們在狹窄巷子裡玩起你追我跑。

雖然早坂同學的表情跟行為都像個小孩子，但從她制服的袖口和褲管伸出的四肢仍充滿十足的高中生韻味，肌膚也很漂亮，喘息時泛紅的雙頰也令人覺得莫名性感。

因為還沒做好碰觸早坂同學身體的心理準備，我死命地逃跑著。她則是因為運動神經並不優秀，差點被自己的腳絆倒。

「好，既然如此就這麼辦！」

早坂同學跑到我前面，張開雙手擋住我的去路。

我裝作若無其事地試圖快步穿過她的腋下。

「桐島同學還真是不死心耶！」

早坂同學用整個身體擠過來，我則是用肩膀推了回去。

「快住手，這對我們來說還太早了！」

「我們差不多也該進展到下個階段了啦。」

「給我等一下，話題偏掉了。我們應該只是在聊單純接觸效果才對。」

「那是什麼啊？」

她也未免太會裝傻了吧，可是——

「早坂同學應該也沒跟男人接觸過，肯定很害羞才對，別假裝自己很習慣這種事了！」

看來是完全被我說中了，早坂同學的眼神開始飄移。

「你、你、你、你在說什麼呢桐島同學？」

「明明很內向還做這種事——」

「都、都是桐島同學不好啦！」

或許是豁出去了，早坂同學鬧彆扭似的這麼說。

「因為，你一直都不肯跟人家牽手嘛！」

難怪她最近態度這麼強硬，原來是在想這種事嗎。

雖然覺得眼前這生物可愛得不得了，但我還是用肩膀將趁機貼上來的早坂同學推了回去。

「所以就叫妳不要逞強了！臉都紅得跟柿子一樣了！」

「我才沒有逞強呢！只是從早上就有點發燒而已！」

「就算真的是這樣！」

我還是害羞得要命。

◇

隔天早上，我在教室裡追尋早坂同學的身影。

她一來到學校，立刻就打開課本開始預習課堂內容。不過即使寫著筆記，每當有人向她打招呼，她都會一一做出回應。

她原本個性就很親切，但今天更是特別充滿活力。

讓人覺得她正在勉強自己。

「早坂，早安！」

隔壁班一名外表有些玩世不恭的男同學走進教室這麼說著。

「今晚我們樂團租了錄音室打算團練，妳要不要來聽？」

「抱歉……我晚上不行，畢竟還有門禁……」

「這樣啊，我之後會再過來的。」

「果然還是不行啊」，他說著這句話並失望地離開教室。

班上的男同學們見狀開始聊了起來。

「早坂同學的防守還是一樣堅固啊。」

「你真是不懂耶，就是這樣才好啊。既認真又清純，感覺就像是被人捧在手心的女孩子一樣。」

「根據我個人的調查，聽說她手機裡的男性聯絡人只有她爸爸喔。」

雖然他們在我的座位正後方聊著這種話題，但我既沒有參加，也沒被要求發表關於早坂同學的想法。

「既然那麼內向，就算交往了應該也會很辛苦吧。」

「你不懂啦，早坂同學就是那種『要牽手還真讓人難為情啊』的感覺才好啊。你真的一點都不懂耶。」

「根據我個人的調查，早坂同學雖然被很多人告白，但沒有跟任何人交往過，所以反應肯定會很純情。」

因為他們的聲音很大，使得原本在看課本的早坂同學害羞地低下頭去。

「我說你們這些男生；不准對小茜做出奇怪的妄想。」

附近的女同學這麼說著。茜是早坂同學的名字。

「她不擅長這種話題啦！」

不久後鐘聲響起，大家紛紛回到自己的座位上。男同學們依依不捨地看著早坂同學，女同學們則像是在保護早坂同學似的威嚇著他們。

在這陣騷動之中，我不經意地跟早坂同學對上了眼。她連忙拿起課本將臉擋住，但又慢慢地將課本放下，像是在打探情況似的朝我看了過來。

『要是一直盯著我看，會被大家發現喔。』

她的表情是這麼說的。

臉頰也有點泛紅。

雖然想跟她搭話，但我依然轉向黑板開始準備上課。

大家並不知道我跟早坂同學的關係。

就算到了午休，這個狀況還是沒有改變。

我獨自吃著便當，早坂同學則是被坐在隔壁的男同學搭了話。

內容是有關剛剛老師說明過的升學調查。

「早坂同學要選文組還是理組？」

「這個……」

「感覺文學系很適合妳耶，就像在校園長椅上看小說的文學少女一樣！」

其他同學也加入了兩人之間的對話。

「選英文系也挺不錯的吧？把英文練好之後，去當口譯或空姐怎麼樣？」

「這時候應該選家政系才對吧！」

當大家熱烈討論的時候，早坂同學怯生生地開了口。

「……是理組。」

大家瞬間露出了驚訝的表情，因為這不符合早坂同學的形象。

「啊，原來如此！」

有個很會看氣氛的傢伙這麼說了。

「是護理師！白衣天使嗎，很適合早坂同學耶，真想被照顧看看！」

場面就此安靜了下來。

早坂同學悄悄看了我一眼，輕輕地露出笑容。

我認為這簡直就像在貼標籤一樣。

只把認真、清純、可愛當作標準的流行指標。

早坂同學的確是個這樣的女孩子。

上課會努力地抄筆記，會傳紙條給忘記考試範圍的同學，就算沒當值日生也會幫老師搬資料。

雖然不擅長運動，但體育課時不管撞到幾次，還是會努力嘗試跳過跨欄。

就算是升學方面，早坂同學也因為想要能一直摸到毛絨絨的動物這個理由選擇了獸醫學系，這跟她的形象也相去不遠。

大家都很喜歡這樣的她。

但是有時候，這份喜歡就跟對待可愛的玩偶沒什麼區別。

大家都只透過早坂同學身上的標籤來看待她。

所以才沒發現早坂同學的模樣跟平時有些不同。

我為此感到擔心而看不太下去，於是起身走向早坂同學的座位。

「咦、咦？」

因為我從來沒在教室裡跟早坂同學說過話，她發出了困惑的聲音。

但我繼續裝作偶然經過似的開了口。

「早坂同學，妳臉紅紅的耶？」

這時候大家也發現了，早坂同學今天身體一直不太舒服的事。

早坂同學也太勉強自己了，她昨天不是才說過嗎。

「該不會是發燒了吧？」

◇

在第五堂課開始之前，我溜出了教室。

這是因為從窗戶見到了早坂同學早退回家的身影。

我穿越校門追了一陣子，才追上了步伐不穩的早坂同學。

「桐島同學，怎麼會？」

「我送妳回家，書包給我吧。」

「……抱歉，給你添麻煩了。」

「早坂同學努力過頭了。」

「……嗯。可是呢，我只要在大家面前，就會不由自主地想當個乖寶寶。」

不過其實並不是那樣喔，早坂同學這麼說著。

「我是個比大家想像中還要、還要更壞的女生喔。」

早坂同學看起來隨時都會倒下，我忍不住握住了她的手。

「桐島同學？」

見到我這麼做，早坂同學瞪大了眼睛。

「……這是因為、那個啦。該說在測試單純接觸效果嗎，之類的。」

「嗯，然後呢？有效嗎？」

「我不知道，身體開始熱了起來，感覺像是連我都發燒了……」

「我可能滿喜歡這樣子的。」

早坂同學就這樣握著我的手，將身體倚了上來。

「或許挺有效的呢。」

被倚靠的重量跟溫度傳了過來。

我透過身體的一側感受到了早坂同學的存在。那既不是他人期待的形象，也不是被強加上去的標籤。

「大家要是知道我會做這種事，肯定會嚇一跳吧……」

「大概會是醜聞吧。」

現在的她露出了在教室時絕對不會出現的撒嬌表情。

「我啊，從以前開始就一直想要被桐島同學觸摸了。」

臉頰熱得發紅的她一邊這麼說著，一邊開心地湊了過來。早坂同學彷彿是在享受觸摸我的感覺，有時用力，有時候輕輕地握著我的手。

「我要不要乾脆一直發燒好呢？」

「為什麼？」

「因為桐島同學會溫柔地對待我啊。」

早坂同學刻意地將身體跟臉頰緊貼在我身上。

「妳是故意的吧。」

「等我恢復健康，再來做很多壞壞的事吧。」

「我說啊。」

「因為我不是個乖寶寶嘛。」

我扶著感染熱傷風的早坂同學回到家裡。她雖然身體很不舒服，但還是露出了滿足的笑容。

從旁人的眼光來看，我們大概是可愛的女孩和由於某些誤會而開始跟她交往的不起眼男友吧。

因為我跟早坂同學是情侶，所以事實的確如此。

不過，我們有個不能告訴其他人的祕密。

我有另外喜歡的人，早坂同學是我的備胎。

早坂同學也有其他心上人，我是她的備胎。也就是說——

即便我們心中各自都有著最喜歡的人，彼此卻都選擇了和備胎交往。

第1話　第二與第一順位

推理研究社的社團教室位於舊校舍二樓的角落。

由於這裡以前是被用來接待客人的會客室，因此設有電熱水瓶跟冰箱，甚至連空調跟沙發套組都有，是個非常舒適的空間。隔壁的第二音樂教室會有學生去那邊自主練習，因此在放學後總是會傳來鋼琴聲。

「說起來，我們學校最受歡迎的女生是誰啊？」

擔任學生會長的牧翔太這麼說道。

這是放學後在社團教室發生的事。當我一如往常地躺在沙發上，側耳傾聽從隔壁傳來的鋼琴聲時，他突然闖了進來。

就是這個男人在入學當初告訴了我，有即將廢社的推理社存在。託他的福，直到升上高二的現在我都獨自使用著這個教室，過著還算舒適的高中生活。

「按照受歡迎的程度來看，果然是橘光里跟早坂茜兩強吧？」

「應該就是這樣吧。」

「桐島你喜歡哪一邊？」

「還想說你怎麼突然跑來，劈頭就扔出這種話題啊。」

「印象中桐島是橘派的吧？」

沒錯，我以前曾經跟這個男人聊過自己喜歡的女孩子。

最喜歡的是橘同學，其次則是那個容易害羞的早坂同學。

我現在都還記得跟她牽手的觸感。

「桐島肯定是會喜歡超跑的類型吧，像是法拉利或是藍寶堅尼那一類的高性能車輛。」

「那是什麼意思啊？」

「因為橘光里的形象不就是那樣嗎，是個皮膚白皙的超級美女，而且感情很淡薄。」

她有著一頭秀麗的長髮和修長又纖細的模特兒體型，寡言且面無表情。經常一個人獨處，看上去似乎只有她四周的溫度低了一截。

氛圍令人難以親近，有一種高攀不起的感覺。

「反過來說，早坂就是品質優良的日本車。」

「你還真失禮耶。」

「不，我的意思是結婚對象絕對是早坂比較好啦，宜室宜家又清純自愛，簡直就是個資優生，感覺也絕對不會拈花惹草，被人告白的次數肯定也比橘來得多吧。」

「像你這樣只憑表面形象做出的評價，實在讓人無法苟同。」

早坂同學平易近人，大家都很喜歡她。

頭髮及肩、身材嬌小，總是在大家的圈子裡露出有點困擾的笑容。

借用牧他粗俗的表現方式來說，跟拘謹的態度相反，她有著「兩秒鐘就能讓人失去理智的身體」。換句話說，就是個胸部跟裙子很引人注目的女性。

「這在本人面前絕對說不出口就是了。」

「為什麼說不出口啊。」

「畢竟光是被認為用有色眼光看待她，就有可能被討厭了啊。」

「我想她早就發現了。」

「怎麼可能，她可是那個早坂耶？再怎麼說也算是高嶺之花吧。」

她被貼上了既清純又認真，還有潔癖的標籤。

不管她長相多麼出眾，多麼受人喜愛，大家都希望她不要跟任何人交往，一直維持著純白無瑕的形象。

不過這時我想起早坂同學說過的話。

『我才不是個乖寶寶呢。』

從早坂同學的真心話來看，來自周遭的印象讓她感到不太舒暢。

「我說牧，雖然是我的個人想法，早坂同學或許只是個普通的女孩子吧？」

像是會想跟親暱的男生牽手之類的。

就連被牧稱作超跑的橘同學，搞不好也是這樣。

當我想著這些事情的時候，隔壁音樂教室傳來的鋼琴曲調有了改變。

「你是指令人在意的那女孩其實意外地普通嗎？」

「人有時候會過度美化他人形象啊。」

「或許吧。不過就算有反差，要是沒有跟對方交往，我們也不會知道啊。」

「不過因為兩人太受歡迎，要追到她們的難度也很高吧。」牧接著說道。

「桐島你呢？有沒有機會跟暗戀已久的橘交往？」

「完全沒有，不過我並不覺得難受。」

「為什麼？」

「因為不能跟最喜歡的人交往是理所當然的。」

「你仔細想想看嘛──」我這麼說著。

「受到眾人喜愛的人是存在的，像是受歡迎的人，或是有異性緣的人。但是，能跟那個人交往的人只有一個。也就是說，除此之外的其他人都會失戀，所以呢──」

失戀的人就只能去尋找新的戀情。但那已經是第二、第三順位了，並不是第一順位。

「我們只能在妥協中談戀愛。」

「你性格真扭曲耶。」

「我只是說實話而已。」

純愛只是幻想，現實中的我們總是自欺欺人地談著戀愛。

「戀愛酸葡萄……」

「話說回來，你只是特地跑來聊戀愛話題的喔。」

牧擺擺手說「不是啦」。

「我是來邀你參加野崎的ＫＴＶ聚會啦。」

「啊，是那個啊，不過我很不擅長唱歌喔。」

「無所謂吧。畢竟我們只是陪襯，那傢伙那麼拚命，就捧個場吧。」

「知道啦知道啦。」

我一邊隨口回應，一邊朝牆上的時鐘看了一眼。

「那麼我差不多該走了，還有事情要做。」

「什麼嘛，你不打算聽完嗎？」

牧指著隔壁的音樂教室。今天那裡也傳出了鋼琴聲，不過……

「我得去探望得了感冒的朋友。」

「真注重禮節耶。」

「這麼說來——」牧接著開口。

「桐島很像那部美國小說裡的人耶。會在對岸一邊喝酒，一邊盯著心儀女孩子住處燈光看的那個。」

「《大亨小傳》。」

「對，就是那個。」

日文書名是《了不起的蓋茲比》。是由史考特．費茲傑羅撰寫的小說。雖然這麼說可能會讓喜歡這部作品的人生氣也說不定，不過這是一部主角蓋茲比沒能跟最喜歡的女孩子交往，依依不捨地喝著酒的故事。

「我才沒有傑．蓋茲比那麼多愁善感呢。」

「可是啊，你每天都會隔著牆壁聽喜歡的女孩彈鋼琴吧。」

正是如此。

在隔壁練習鋼琴的人，正是那位橘同學。

就是那個態度冷淡，幾乎沒有情緒表現，我最喜歡的女孩子。

「事先聲明，先開始在這裡出入的人是我喔。」

「你是不是期待會有什麼事發生？」

「怎麼可能那麼想。」

「也是啦——」牧這麼說道。

「橘是沒機會的。」

「因為她已經有男朋友了。」

◇

早坂同學是我第二順位喜歡的人。

我也是早坂同學第二順位喜歡的人。

初夏的時候，我們得知了彼此是對方第一喜歡的對象，並開始跟對方交往。除了互相當成備胎之外，其餘都跟一般的情侶差不多。

仔細想想，第二喜歡的心情可一點都不隨便。

用甲子園來看就是亞軍，用大富豪來看就是數字2的牌，非常強力。

所以我光是跟早坂同學牽手就會心跳加速，知道她感冒也會擔心地前去探望。

「抱歉讓你特地跑一趟。」

我來到位於住宅區的公寓。開門前來迎接我的，是早坂同學本人。

「妳不用躺著沒關係嗎？」

「現在家裡沒有其他人。」

「咦？」

「進來吧。」

見到早坂同學非常自然，彷彿理所當然似的轉身走進屋內，我也跟著走了進去。脫下鞋子的時候我感覺到一陣暈眩，這就是別人家的氣味。

或許是會覺得冷，早坂同學在睡衣外面披了件開襟毛衣。大概是因為很合身的緣故，更突顯了她的身體曲線，看起來非常煽情。

現在家裡沒有其他人。

我忽然想起剛剛早坂同學說的話。這令我產生了「要是從後方抱住她的話會如何呢？」之類的想法，並迅速打消了念頭。早坂同學正在感冒，這樣不太好。

因為東張西望也很失禮，所以我盯著自己的腳尖走在走廊上。

「這裡就是我的房間。」

我走進了早坂同學的房間。裡面整理得十分乾淨，感覺家規甚嚴。桌上的鉛筆盒跟自動筆顏色都很鮮豔，頗有女孩子的風格。

「一點小心意，我帶了飲料跟優格來。」

「謝謝，你就坐那邊的座墊吧。」

穿著睡衣的早坂同學就這樣坐上床鋪，並將運動飲料喝掉了一半。她好像還在發燒，臉頰紅通通的。

「抱歉，這麼突然就跑過來。我馬上就回去了。」

「不會，我很開心桐島同學來探望我，還想多聊一會。」

「可是妳看起來不太舒服。」

「那我在床上躺好，桐島同學先別回去，陪我聊天吧。」

早坂同學躺回床上蓋起了棉被。於是我隨口跟早坂同學聊起今天學校發生的事，她開心地笑了出來。當我略過跟牧大部分的談話內容，提到自己被邀請參加ＫＴＶ聚會的時候。

「那個我也會去喔。」

「咦？」

野崎的ＫＴＶ企畫，是班上有個叫野崎的同學因為沒有勇氣向喜歡的女生告白，就打算多找些人一起玩，在這過程中逐漸跟對方打好關係而策劃出來的。雖然這話輪不到我來說，但還真是拐彎抹角。

印象中對方是個擔任圖書委員的女孩子。

「為什麼早坂同學也會去？」

「我也收到了訊息。參加人數好像很多喔。因為我不知道桐島同學也會參加，所以給了『如果感冒好了就去』的回覆耶。」

「牧那傢伙還真是隨便找了不少人啊。」

「得裝作不熟識才行呢。」

「是啊。要是被發現我跟早坂同學感情很好，會被其他男生蓋布袋的。」

「不是那樣啦，你看這個。」

早坂同學將手機畫面拿給我看。KTV聚會很早就設立了對話群組，她指著群組裡的其中一個頭像。

「熊？這是哪個地方的吉祥物對吧？」

「你不知道這是誰嗎？」

「我不認識長得像熊的人耶。」

「跟頭像不同，她長得非常漂亮喔。是個高不可攀，讓人覺得很特別的女孩子。」

「難道說……」

「嗯，沒錯。這是橘同學的頭像，她好像會去。」

早坂同學看著我的臉，跟以往一樣露出有些困擾的表情說著。

「為了讓桐島同學跟橘同學加深感情，我是不是幫點忙會比較好呢？」

「不用這麼做也行啦。」

我們不是練習用的男女朋友，也並非把對方當成某人的代替品。

而是一對正常的情侶，只是知道彼此並不是對方的第一順位而已。

因為跟排在第一順位的對象交往難度很高，才會把第二順位當作備案。

肯定有人會批評我們把談戀愛當作考試吧。

所以我們的關係稍微有點不健全。

「太好了。我很喜歡桐島同學，所以要是被要求幫忙的話會有點難過呢。」

或許是被發燒影響，早坂同學表現得很直接。

對話停了下來，話題變得接不下去了。

在女孩子的房間裡兩人獨處，家裡沒有其他人在。房間裡格外地安靜，甚至能聽得到時鐘秒針走動的聲音。我打算在自己產生奇怪想法之前拋下一句「那麼，請多保重」並起身離開。

但是在那之前，早坂同學早一步開了口。

「吶，桐島同學，過來這邊。」

桐島同學掀開棉被這麼說。

「來試試看單純接觸效果吧。」

她似乎還沉浸在昨天牽手的餘韻。退一百步來說，我覺得牽手還比較好。

「可是早坂同學，這樣感覺會變得像是在陪睡耶……」

「是這樣沒錯啊？」

她的表情認真到令人害怕。

「我想牽手，一起進來被窩裡吧。」

這究竟只是暫時失去理智，還是這才是早坂同學藏在清純、秀氣形象下的本性呢，我實在分不出來。但是無論如何——

「看來妳發燒得很嚴重，已經失去正常的判斷能力了。」

「才沒那回事呢。」

「不，人在發燒的時候大腦的額葉會失去功能，因此思考能力將會下降。」

「啊，又開始找理由了。」

「而且就算不陪睡，我也能在棉被外面握住妳的手。」

「我認為桐島同學就是這點不太好耶。」

早坂同學擺了張鬧彆扭的表情，但看起來似乎也有些開心。

「桐島同學討厭跟我一起躺在被窩裡嗎？」

「雖然不討厭，但那樣可能不會只牽手就了事也說不定喔。」

「我……就算那樣也可以喔。」

「冷靜點，早坂同學。凡事都有所謂的順序——」

「順序是指大眾訂下的戀愛印象對吧？乖孩子就隨他們去照順序戀愛吧。可是桐島同學說過吧，說要來談一場不受這些束縛的戀愛。」

沒錯。

我們總是受到某種框架束縛。人必須要有夢想、朋友愈多愈好、專注在某件事情上的人很帥、一心一意愛著某個人很美麗等等。我們老是試圖將自己塞進框架裡，並因為擠不進去而倍感痛苦。

以早坂同學的狀況來說，更是被他人投射的印象五花大綁到喘不過氣來。

所以我們才下定決心至少在戀愛這方面不要仰賴世間的價值觀或印象，靠著笨拙的自己一路走下去。

「吶，桐島同學。我在桐島同學面前可以不必當個乖寶寶吧？不裝成清純的早坂同學也沒關係吧？」

早坂同學掀開棉被等著我的表情相當煽情。

「既然如此，我希望你跟我一起鑽進被窩，握住我的手。」

「……我知道了。」

我也並非對進入女孩子房間這件事沒有任何期待。只是在被窩裡牽個手，應該無所謂吧。

於是我下定決心靠近床鋪。

早坂同學的身體或許是因為發燒而滲出了些許汗水，那股濕氣跟熱氣傳了過來。

她的眼裡充滿期待，睡衣緊緊貼著肌膚。

「不，這麼做果然不太妙吧！」

我恢復理智離開床邊，差點就被氣氛牽著鼻子走了。

「真是的！就差一點點了說！」

早坂同學露出了遺憾的表情。但是她完全不肯放棄，隨即像是想到了什麼似的，擺出一副可疑笑容說著：

「既然這樣，當作練習就好了嘛。」

「練習？」

「為了有朝一日能跟橘同學同床共枕，用我這個備胎來練習啊。」

「不，這種想法很對不起早坂同學吧。」

雖然我們的關係是備胎情侶，但並不是用來彌補無法跟第一順位交往的寂寞，而是有喜歡彼此這個大前提在。可是——

「就算嘴上這麼說，但果然還是有那種想法吧。」

早坂同學這麼說著。

「所以就用我來練習吧。還是說我就這麼沒有魅力，甚至沒辦法當練習嗎？」

「是沒那回事啦……」

見我猶豫不決，早坂同學進一步開口：

「總覺得身體有點冷呢。」

「快點蓋好棉被啦。」

「再這樣下去感冒會惡化呢。」

「就叫妳蓋棉被了。」

「要是我死了，記得來我的墓前哭泣喔。」

「早坂同學還真狡猾耶！」

再這樣下去感覺她真的會一直掀著被子，於是我下定決心爬到床上。

「只能牽手喔。」

「嗯，只牽手。我們約好了。」

我戰戰兢兢地鑽進被窩，早坂同學的表情看起來很高興。

當我躺上床之後，早坂同學便蓋上了棉被。

「明明不用離這麼遠也沒關係的說。」

「早坂同學，把手給我。」

「好。」

但是我卻遲遲無法找到早坂同學在被窩裡的手。正當在摸索的時候，我的手鑽進了某種柔軟的縫隙中。

「呀！」

早坂同學發出了嬌膩的叫聲。

我連忙說了句「抱歉」並縮回了手。留在指尖上的，是繃緊的布料與隱藏其下的柔嫩觸感，我的手大概是碰到了她的大腿之間吧。

「桐島同學你……還真是積極耶。」

早坂同學露出害羞的表情說著。

「不是妳想的那樣，我只打算牽手而已。」

「那就快點來嘛。」

「就說我找不到妳的手在哪裡啊。」

「在這裡喔，這裡。」

為了尋找早坂同學的手，我挪動身體朝她靠近，而就在這個瞬間。

早坂同學跳過了牽手等全部的過程，在感情的驅使下緊貼到我身上。

「說好只牽手的約定呢？」

「我才不管呢。」

早坂同學朝我貼上來的身體，柔軟溫熱又帶點汗濕。

「嘻嘻，有桐島同學的味道。」

她的氣息拂過我的胸膛，讓我的肌膚也不禁熾熱了起來。

「其實呢，我一直都想試試看這麼做。」

早坂同學的表情十分平靜，抓住我制服襯衫的手像是下了決心。

「桐島同學不想跟我抱在一起嗎？」

「是沒那回事啦。」

我將雙手舉了起來。

「要是現在抱著妳，感覺我的腦袋會停擺耶。」

「就算那樣也沒關係喔。」

早坂同學完全豁出去了。

「當知道橘同學會參加ＫＴＶ的時候，桐島同學看起來有些開心。」

「……抱歉。」

「沒關係的。畢竟橘同學長得很漂亮，也是第一順位嘛。不過呢，我也有能夠贏過她的地方喔。」

「哪方面？」

「身體。」

她一邊說，一邊更用力地將身體貼了上來。

「等一下？」

早坂同學用大腿夾住了我的腳。由於她穿著睡衣，因此胸部並沒有內衣遮擋，然而她卻毫不客氣的貼了上來，使我不知該如何是好。

「桐島同學是我的男朋友，所以想對我做什麼都可以喔，我無論被怎麼對待都會很開心。」

並說出了不得了的發言。

「呵呵，今天的我一點都不乖呢。」

這麼說著的她看起來有些開心。

「不過這樣真不錯呢。畢竟無論是在學校還是家裡，我都一直是個乖寶寶嘛。你知道嗎？我要是穿了稍微華麗一點的衣服，或是說出剛剛那種話，大家都會很失望的。」

別說是失望了，甚至有人會發火吧，因為不希望她的形象被破壞。

「至少在桐島同學面前，我可以不當個乖寶寶吧？」

「……………可以啊。」

「那麼，就一起來做壞壞的事吧。」

我慢慢地抱住了早坂同學的身體。

從頭髮的氣味、呼吸，並透過睡衣的薄布感受著早坂同學的身體。

一旦這麼做，就讓人產生了不想分開的感覺。

早坂同學把手伸到我的背後，甚至用上了腳，將整個身體貼了上來。

「總覺得我好像成了桐島同學的東西一樣。」

「妳太放任自己的感情了。」

「我想要再放任一點。」

熾熱的氣息拂過我的胸口。

早坂同學像是在確認我的觸感一般，時而用力抱緊，時而放鬆。

「吶，桐島同學。要好好記住我的觸感，在獨自睡覺的時候想起來，感到寂寞喔。我也記住了桐島同學的感覺，接下來每天晚上都會因為桐島同學不在身邊而感到寂寞呢，畢竟這麼舒服嘛。」

「……早坂同學，差不多了吧。」

「我還想多做點壞壞的事。」

早坂同學將我壓倒，並騎了上來。她的胸部還碰到了我，應該是故意的。

我已經沒有任何害羞，或是羞恥的感覺了。

從跟她相擁的時候開始，我的理性就已經蒸發了。

明明有其他喜歡的人卻做出這種事，或許不太好也說不定。

這或許是件壞事，但我們是自願這麼做的。

所以說，我想盡情放縱下去。

「吶，桐島同學，我想把感冒傳染給你。」

「其實我從剛剛開始就覺得自己被傳染了。」

「你不願意嗎？」

「如果是早坂同學的感冒，我不討厭。」

「不過，感冒能光用擁抱傳染嗎？應該有個容易的傳染方式，腦袋聰明的桐島同學應該知道吧？」

受到早坂同學亢奮的情緒影響，我毫不猶豫地說了出來。

「黏膜感染。」

「我們，來做吧。」

「可以嗎？」

「可以喔。」

我就這麼跟早坂同學接了吻。

早坂同學的嘴唇十分柔軟，潮濕又帶點熱氣。

彼此的雙唇分開後，唾液拉出了長長的絲線。

「我好像很喜歡呢，黏膜感染。不過，做法沒錯嗎？」

「我不知道。」

因為這也是我的第一次。

「桐島同學，我想多做一點」

我們順著氣氛不斷親吻彼此。

「再來、繼續、快點……」

最後早坂同學的舌頭鑽進了我的嘴裡。

但她立刻就停下了動作。我能感覺到，她那不知道下一步該怎麼做的迷惘。

早坂同學似乎也正對自己的行為感到害羞。明明嘴上說著挑逗的話語，身體卻十分僵硬，雙眼也是緊閉的。

我溫柔地舔起早坂同學的舌頭，就像是在說「不要緊的」一樣。緊接著早坂同學也笨拙地開始舔著我的舌頭。

即便碰上困難，我們還是成功跨越，並一步步邁向下一個步驟。

簡直就像是在空中互相勾著彼此的腿並飛往天際一樣。

我將早坂同學的舌頭推了回去，現在輪到我將舌頭伸進早坂同學的口中。

雖然她看起來有些缺氧，但仍像在歡迎我似的勾動舌頭。早坂同學的嘴巴很嬌小，既溫熱又濕潤，在壓迫之下顯得十分柔嫩。

「桐島同學，請給我唾液。」

我們彼此交換著口水。

耳邊傳來的潮濕聲響，使得我們再次興奮了起來。

不健全的事情還真是舒服。

同樣選擇備胎作為交往對象的我們，還想嘗試更多亂七八糟的事。

想做些會受到眾人責備，讓人皺起眉頭的事。

想成為最違背道德的壞孩子。

受到滿溢而出的衝動驅使，我不自覺地推倒了早坂同學。

她的睡衣變得凌亂，胸口敞開著。

在瞬間的眼神交會之後，早坂同學她——

「可以喔。」

說出了這種話。

女孩子這麼做大概需要鼓起很大的勇氣吧，所以我壓抑著亢奮的心情，盡量謹慎且溫柔地將手伸向睡衣的鈕釦。

但是下個瞬間，我察覺到早坂同學的表情還是十分生硬。雖然嘴上同意了，但或許她其實還沒做好心理準備也說不定，因此我停下動作離開了她。

「抱歉，或許是我太心急了。應該多注意一點才對，不過我也沒做過這種事……」

早坂同學用尷尬的表情說了句「不是的」。

「不是桐島同學的錯。我也是那麼打算的，可是——」

「對不起」早坂同學將臉埋進枕頭裡道著歉。

「……我不小心想到了第一順位的他的臉。」

「要是衝得太過頭也不太好吧。」

早坂同學一邊整理亂掉的衣服，一邊這麼說。

「因為我們有其他喜歡的人嘛。」

「也是。」

◇

之後我們恢復了冷靜，調整姿勢坐在床上。

正如同我有橘同學在，早坂同學也有其他最喜歡的人。

雖然喜歡備胎的感情很珍貴，但在彼此對第一順位的戀情做出結論之前，要跨越那一條界線還是會讓人感到猶豫。

「因為是備胎嗎。」

早坂同學這麼說著。

「所以我才會變得非常積極。要是對象是最喜歡的人，我想自己一定會裝得更像個乖寶寶，什麼都做不出來呢。不過這樣不太好對吧，對桐島同學也有點抱歉。」

確實，或許也有備胎特有的愜意感影響也說不定，所以說——

「或許增加規則會比較好呢。」

我們決定跟彼此的備胎交往時，訂下了幾個規則。

第一，我們在交往的事情不能讓第一順位的對象知道。

第二，當其中一方能跟第一順位交往的時候，關係就告一段落。

也就是以第一順位的對象為優先。

這是因為沒有比能跟最喜歡的對象交往更重要的事了。

「要追加什麼規則？」

「……不會做比接吻更進一步的事。」

「也對呢，這麼做比較好。」

雖然我們的關係不太健全，但也不打算隨便對待彼此。

「那麼，我差不多該回去了。」

「啊，等一下。」

當我準備回家的時候，早坂同學將手機拿給我看。是剛剛那個參加KTV成員的群組對話，又多了一個美國漫畫英雄的頭像。

「這是誰的頭像？」

「橘同學的男朋友好像也會參加。」

「啊，是嗎。」

畢竟同年級，這也是理所當然的。

「桐島同學沒關係嗎？」

要是直接參加，就得親眼目睹橘同學跟男友卿卿我我的樣子了，不過——

「完全沒事，不如說沒問題。我開始期待了。」

「你講話都抖成這樣了。」

總覺得好冷，視野也有點扭曲，是我也感冒了嗎？

「當天散會之後，我們偷偷找個地方會合吧。」

早坂同學從後方抱住了我。

「我會好好安慰你的。」

◇

到了週末，ＫＴＶ聚集了非常多人。知道這個企畫是為了幫助野崎同學談戀愛的人很少，大多數人只把這當作是有趣的活動。

中午過後，車站前聚集了大約二十個人。原本還在擔心這麼多人會不會有問題，不過牧卻巧妙地將大家帶到了派對房間。

起初我並未特別挑選座位，但在確認好各自的位置之後，我移動到了牧的身旁。

「早坂同學果然很受歡迎啊。」

重新坐好之後，牧悄悄地對我說著。

「完全被盯上了嘛。」

早坂同學的左右兩側都擠滿了男同學。

感覺就像社團裡的公主一樣。

「早坂同學會唱什麼歌呢？」

「便服也很可愛呢。」

「要幫妳拿飲料嗎？」

連對桌的人都跑來搭話，讓早坂同學縮起了身子。

「……呃、我、那個、這個，怎麼說呢，啊哈哈——」

早坂同學在大家面前很內向，總是害羞地陪笑。

看起來真的像個人偶一樣。不過，我知道早坂同學的另一面。想牽手的她、主動將舌頭伸進我嘴裡的她，以及催促著「再來」的她。

「那些男人拚命地把自己弄得很時尚耶。」牧這麼說。

「他們的確比主辦的野崎同學還要顯眼。」

「從這點來看，桐島還真了不起，有好好做出不起眼的打扮呢。」

「……啊、嗯，對啊。」

我覺得自己是普通的打扮就是了。

「話說回來——」牧這麼開口。

「早坂同學真是個天使呢，竟然連對待那些別有用心的傢伙也這麼溫柔。」

「或許本人意外地覺得不舒服也說不定喔。」

「是嗎？看她毫無戒備，讓我很擔心她會不會被奇怪的男人拐跑耶。」

「這只是你單方面的看法吧。」

「咦？總覺得你不太開心耶？難不成你也想坐早坂同學身邊嗎？」

「就說不是那樣了。」

「也是啦，桐島喜歡的是那邊嘛。」

在這個吵雜的房間裡，有個女孩正一臉淡然地操作著點歌機。

是橘同學。

她穿著一件清爽的露肩連身裙，坐姿也很端莊。

「果然再怎麼樣那些男人也不敢去那邊啊。」

「怎麼可能敢過去啊。」

橘同學的位置在牆邊，身邊就坐著她的男友。對方是個甚至讓人覺得牙齒搞不好會發光的清爽好青年。感覺家裡似乎很有錢，身材很不錯，也沒有戴眼鏡。

換句話說，就是跟我完全相反的類型。

「感覺就像是在防守著，真讓人有點火大。」

「不，那是男友在身邊的自然反應吧，雖然讓人羨慕得要死就是了。」

正當聊著這種話題的時候，橘同學忽然抬起頭來。

跟她那如同玻璃珠般的眼睛對上視線，使我不禁低下了頭。

「桐島你幹嘛低頭，要好好地烙印在視網膜上啊。」

「沒關係啦，想看的話隨時都能看啊。」

「是從她男友的帳號看的吧。」

橘同學的男朋友每天都會把橘同學的照片傳到社群網站上，相當缺乏安全意識。

「畢竟你常看嘛，那應該是在炫耀吧。」

「不知道為什麼，明明看到就覺得很難受，但還是每天都會想看。」

「你還真扭曲耶。」

「不過啊，他們兩個交往真的順利嗎？」牧這麼說。

「我是聽一個認識的女孩子說的，前陣子校外教學不是有去海邊嗎。」

女生們晚上似乎有在房間聊戀愛話題。

據說，當時橘同學表情認真地向同寢室的女同學問了。

「『心動究竟是怎樣的感覺呢？』這樣。」

◇

當開始唱起ＫＴＶ之後，情況非常令人難受。

我忍不住朝橘同學的方向看了過去，發現她會唱男友希望自己唱的歌，也會在男友唱歌的時候跟著旋律拍手。

這是怎樣啊。

我為什麼必須看著自己喜歡的女孩子開心地做著這種事呢？

橘同學還是老樣子面無表情，不過在跟男友獨處的時候，她應該會露出笑容吧。

我自暴自棄地唱起失戀的歌曲。

當我唱歌的時候，橘同學一直都在操作著點歌機。

既沒有看我一眼，也沒有打拍子。

真是悽慘。當我唱完之後，大家都露出了不知該作何反應的微妙表情，看來我果然唱得很差。

就在這時，有個女孩子有所顧慮地小聲開了口。

「我、我覺得唱得不錯喔！」

是早坂同學。

「該說是有個性，還是很前衛呢。讓我領會到還能這樣詮釋呢！」

真希望她別這麼想。

比起這個，早坂同學聲援我這件事還比較引人注目。

『為什麼早坂同學要幫桐島說話呢？』

大家似乎都產生了這個疑問。

早坂同學也發現了這件事，於是連忙揮動雙手。

「啊不對，不是那樣啦。我只是想說唱得差反倒聽起來像是那麼回事而已，桐島同學的歌聲聽起來的確像是豬在慘叫喔？」

沒錯，這樣就行了，早坂同學。

我們的關係不能讓大家知道。不過，她應該沒聽過豬的慘叫吧。

「桐島，你真是個好人耶。」

牧拍了拍我的肩膀。

「你是刻意唱壞的吧。」

「……嗯，這麼一來野崎同學聽起來就唱得很好了吧。沒錯，一切都是我故意的。」

我一邊這麼說，一邊用手機傳訊息給早坂同學。

『假裝不熟就好了。』

要是跟我交往的事情被發現，讓早坂同學的第一順位知道的話就不好了。

注意到訊息的早坂同學抬起頭，用手指擺出了OK的符號。

接著也回傳了『畢竟橘同學也在嘛』這樣的訊息。

在各自都唱過一遍之後，大家閒聊了起來。

不知道是誰提起的，現場開始聊起初戀這個一定能帶起氣氛的熱門話題。

那些能言善道的男生紛紛講起有趣的小故事。

當話題輪到我身上的時候，我開始講起小學時的事。

「某個暑假我去親戚家住了一個星期，當時跟住在附近的女孩子打成一片——」

她是個非常漂亮的女孩子，當時我滿腦子都想著她。

換句話說就是戀愛了，那是我的初戀。

好幾天一起在公園玩讓我覺得很幸福。不過某一天，當我見到那個她跟其他男孩子一起開心玩耍的模樣之後，就覺得胸口一陣苦悶，不禁逃離了現場。

「我希望妳別跟我以外的男孩子打成一片。」

現在我很清楚那是嫉妒。不過當時的我只是覺得自己內心湧起的這股情感難以名狀，也無法好好忍下來。

「大概是討厭我吧，隔天開始那個女孩就不再去公園了。」

我用自嘲的感覺說出了苦澀的初戀失敗故事，引起了些許共鳴。

接著我悄悄朝橘同學看了一眼，她依然面無表情毫無反應，看來對此似乎沒什麼想法。

部分女孩子大概是為了帶起氣氛，用取笑的口吻開始挖苦我。

「男生的嫉妒還真難看耶。」「討厭。」「真噁心。」

對吧，我就說吧，我也是這麼想的。

不過，也有個女孩子不同意她們的看法。

「…………一點都不噁心喔。」

是早坂同學。

「……就算是我，要是喜歡的人跟其他人打成一片也會嫉妒嘛。」

雖然她還是在替我說話，但這次大家的注意力都集中在『喜歡的人跟其他人打成一片也會嫉妒嘛』這句話上。

「早坂同學也有喜歡的人嗎？」

「有嫉妒過別人嗎？」

「我想被早坂同學嫉妒！」

遭到男同學們逼問，早坂同學顯得有些暈眩。

「喜、喜、喜歡的人？我、我不、我不太懂那種事啦！」

並不經意地做出了宛如清純系偶像般的回答。

「男生，問過頭嘍！」

女同學們大聲說著。

「我們不接受繼續提問～請讓路給經紀人通過～」

她們一邊潑男同學冷水，一邊開始起了鬨。

話說回來，今天早坂同學比以往更加冒失，讓人有點擔心。

我再次拿起手機傳訊息。

『就說不用在意我了！』

早坂同學看完手機之後用手指做了個大大的圓圈。

光是會看著我做出反應，就知道她絕對沒聽進去。

正當我們偷偷打暗號時，同班的女同學突然向我搭話：

「話說回來，桐島是推理研究社的人對吧？」

她似乎因為我一直沒說話而表示關心。據說她的哥哥是本校的畢業生，也是推理社的前社員。

「現在的你應該追得到那個初戀的女孩吧？」

「為什麼？」

「因為推理社不是有嗎？戀愛教學書。」

「啊，妳是說《戀愛筆記》嗎。」

推理社曾經有個學長寫了以戀愛當作主題的推理小說。

他首先將重點放在推理的三個構成要素：ＨＯＷ、ＷＨＯ跟ＷＨＹ上。

也就是由什麼人，用什麼方式，基於何種理由完成犯罪的。

這個也能套用在戀愛上。

ＨＯＷ，怎麼讓人喜歡上自己。

ＷＨＯ，喜歡的人是誰。

ＷＨＹ，為什麼喜歡對方。

雖然他想寫出戀愛推理小說，但或許是青春期獨有感性的緣故，最終寫成了一本純粹研究戀愛的奧義書。這就是推理社代代相傳的《戀愛筆記》。

「上面也有寫該怎麼追女孩子吧？」

她是指《戀愛筆記》的『ＨＯＷ』，單純接觸效果也是寫在這裡。

「話說回來，聽老哥說，寫出那本書的人似乎是個智商一八〇的天才喔。」

「讓人有點難以置信耶。」

雖然也有基於心理學跟行動科學的研究內容，但莫名其妙的內容也很多。

「咦？怎麼回事？真的有什麼戀愛教學書嗎？」

其他男同學在聽見我們的對話之後也加了進來。

「桐島你看過那個嗎？」

或許是覺得我跟戀愛扯上關係很有趣，場面稍微熱鬧了起來。

「居然會去看教學書，再怎麼說也太拚命了吧。」

「是說既然有在研究，就該設法讓自己稍微變帥一點吧。」

「不，就算看書外表也不會改變吧。」

他們開始大力地挖苦我。因為我平時也會開自己是個瘦皮猴眼鏡仔的玩笑，所以會變成這樣也很正常，大家沒有惡意。

不過，似乎有個女孩子不喜歡這種把我當成遜砲角色的氣氛。

「…………才沒那回事呢。」

說話的當然是早坂同學，看來我傳的訊息她完全沒看進眼裡。

原以為她只是在小聲地喃喃自語。但下個瞬間，她卻用平時不會出現強硬語氣開了口。

「桐島同學才不遜呢！」

並緊握著裙襬。

但是她很快就注意到房間陷入了沉默，接著連忙開口掩飾。

「不對、不是那樣，那個、你看嘛，該說是不用說得那麼過分嗎？而且桐島同學對戀愛一板一眼那種認真的感覺也很不錯，外表也長得很普通……」

早坂同學說到這裡停了下來，接著在忸忸怩怩了一陣子之後——

「畢竟我就喜歡桐島同學的這點嘛……」

她這麼開了口。這樣實在不妙，早坂同學太緊張了。

房間裡理所當然地起了一陣騷動。

「咦？剛剛她說自己喜歡桐島？」

「真的嗎？騙人的吧？」

男同學最關心的事就是早坂同學對誰有興趣。

『快點否認。』

因為用手機傳訊息太慢了，我用眼睛這麼向她示意。早坂同學見狀用力點了點頭。

「啊，不是啦。我指的是喜歡桐島同學的類型……」

早坂同學的話讓女生們有了反應。

「真是的，你們這些男生逼得太緊了啦！就算是喜歡也肯定不是戀愛感情啊，是像女演員喜歡搞笑藝人的那種感覺吧？」

其中一位女同學這麼詢問，早坂同學便「啊、嗯、就是那樣」這般點頭回答。

「我就說吧。畢竟桐島雖然一板一眼卻很上道，很有搞笑藝人風範嘛。」

「……是啊……我覺得很有趣。」

「要不要請他做些什麼啊？」

「咦？」

「小茜有什麼想讓桐島表演的東西嗎？」

「……什麼意思啊。」

早坂同學表情變得凝重，低下頭露出陰鬱的眼神自言自語了起來。

「雖然大家都這樣對待桐島同學……但其實比起桐島同學，大家對我來說一點都不重要，桐島同學他……就只有桐島同學……」

氣氛似乎有些險惡，感覺她會講出不得了的發言。

大家也發現了早坂的樣子跟平時不太一樣，表情都變得不知該如何是好。

現在能夠解決這個狀況的人只有我了，所以說——

「早坂，來吧！」

我用興致高昂的感覺說著。

「給我個點子！我現在非常地想逗大家笑！」

「咦、咦咦～？」

早坂同學困惑地叫了出來。

「桐、桐島同學是這種人嗎？」

「嗯！」

早坂同學的感情產生了些許錯亂。她因為見到我被欺負——雖然我認為那只是普通交流，但由於她早就對於強加印象給自己的大家累積了許多不滿，而且也是為了我，才會開始發脾氣。

不過無論如何，我打算熱絡現場氣氛來帶過這一切。

「所以快點給我最棒的點子吧！」

「就、就算你這麼說——」

早坂同學顯得頭昏腦脹。但受到我亢奮的情緒影響，她的表情變得開朗了起來，我覺得這樣很不錯。

「什麼都可以！不過可以稍微手下留情一點喔。」

這是我的真心話。要求稍微無厘頭一點是無所謂，但要是太困難就麻煩了。

早坂同學發出了「嗯～嗯～」的呻吟聲。

我的想法應該已經傳達出去了才對，不過早坂同學似乎比想像中更不機靈。

「呃……那就饒舌歌？」

她提出了驚人的要求。

我曾經在她面前表現過任何嘻哈要素嗎？

早坂同學戰戰兢兢地擺出一副像是在說『咦？我說錯了什麼嗎？咦？咦？』的表情。不是，絕對有更安全的提議吧。

不過我已經下定決心，事到如今也只能上了。

「沒有音樂也沒關係吧！」

大概是發現氣氛很糟糕，牧在絕妙的時機點幫腔。

即興饒舌嗎。我明白了，這樣就行了吧。

我主動拿起麥克風開了口。

「男子漢就是要清唱決勝負，桐島我要開唱嘍。」

Two、Two、Mic check、Mic check，Ah、Ah。

「那女孩喜歡菅田將暉，我就不是什麼將暉，老是講廢話也顯得我很廢，在她心中我是男子漢才對。談戀愛就這麼辛苦，她的沉默令我感到痛苦，為了讓她露出笑容，我拿起了麥克風！」

大家也跟著我的饒舌起了鬨。

「眼鏡饒舌！」

「很來勁嘛～」

「唱得莫名的好耶！」

整個房間充滿了歡樂的氣氛。

大家都不再在意早坂同學說過喜歡我，或是替我說話的事。

這樣就行了，就算是為了早坂同學跟第一順位的戀情。

為了打鐵趁熱，我刻意點了很難的歌，用差勁的方式唱了起來。

只要唱完之後大家一起開我玩笑的話，一切就能回到正軌。

這一切都是我自願的。

不過在唱歌的時候，看見橘同學的身影使我心情有些悲傷。

在自己最喜歡的女孩子面前一直耍寶，實在讓人有點難過。

橘同學還是一如往常面無表情地看著我。雖然看不出她的想法，但絕不是認為我很帥氣，而是希望有人來制止我吧。我是這麼想的。

希望她至少能露出笑容。

不對，不是這樣。

我希望橘同學對我抱持的不是這種情感。

正如我一直思念著橘同學，我也希望她能一直想著我。

希望她能在車站注視我的背影，在學校走廊時會忍不住盯著我看，晚上就寢前會覺得胸口很難受，但現在的情況距離這個目標實在過於遙遠。

不過畢竟橘同學有男朋友，而且現在那位男友還坐在她身邊。更何況在這種狀況下，怎麼可能去在意我到底是帥還是蠢。

正當我這麼下定決心，打算徹底當個炒熱氣氛的角色時。

有人按下了演奏中止的按鈕。

早坂同學又來了呢——

我一邊這麼想，一邊思考新的緩頰方式。

但是，按下演奏中止鈕的人並不是早坂同學，而是更令人意外的人物。

是一直沒有加入話題，應該對任何事情都漠不關心的——

橘光里。

◇

「這種態度不太好喔。」

橘同學乾脆地說著。

因為她是個氣質特殊的女孩子，房間頓時安靜了下來，大家都在等著她繼續說下去。

橘同學就好像自己做完了工作似的，準備要喝哈密瓜蘇打。

不過因為接下來沒有任何人開口，橘同學最後又補了一句話。

「因為也有人不喜歡這樣子，我認為別這麼做比較好。」

橘同學沒有指名道姓，而是打算直接帶過這個話題。

但大家或許是心裡有數，同時往早坂同學看了過去。

她的表情顯得有些陰沉。

「慘了」我心想。因為拚命想要蒙混過關，使我沒注意到早坂同學，看來她無法接受我扮演丑角這件事。

「總覺得很抱歉。」

發現大家的視線集中在自己身上，早坂同學用像是在掩飾什麼的表情慌張地說。

「該怎麼說呢，我有點不擅長應付這個……」

早坂同學雖然想露出平時那討好人的笑容，但維持不了多久表情又陰沉了下來。

最後她壓住瀏海藏起自己的表情。

「我這樣不行呢，感冒好像還沒痊癒，今天就先回去吧。」

接著拿起背包，起身走到門口握住門把。

「抱歉，橘同學，讓妳費心了。」

她低著頭丟下這句話，便直接衝出房間離開了。

大家全部當場愣住。

「不覺得早坂同學今天一直在幫桐島說話嗎？」

坐在早坂同學身邊的男同學大受打擊似的這麼說著。

「感覺簡直就像她喜歡桐島一樣。」

「我想應該不是。」

我這麼回答。

「是因為早坂同學很溫柔，才會忍不住說出那種話啦。」

是嗎，畢竟早坂同學是個天使嘛。

要是看到有人被貶低就會想幫忙說好話啊。

男同學們紛紛鬆了口氣似的摸了摸胸口。

「我妹打電話來了。」

我找了個理由走出房間，最後回頭往房間裡看了一眼。

橘同學仍是一副沒事的表情操作著點歌機。

◇

夕陽灑落街道，早坂同學在離大街有段距離的巷子裡走著。

「對不起喔。」

見到我追了上來，早坂同學立刻低下頭去。

「總覺得我有點失常呢。」

她像是要藏起表情似的壓住瀏海。

「雖然知道是在開玩笑，但我討厭桐島同學被人輕視，給你添麻煩了嗎？」

「完全沒有，我很高興。」

「可是，出來追我很失敗喔。這樣從橘同學的角度來看，桐島同學就像是喜歡我一樣。」

誰知道呢。是說橘同學根本對我不屑一顧，而且──

「這是事實，我喜歡早坂同學。」

「是第二喜歡就是了。」

「第二喜歡，是代表相當喜歡的意思喔。」

「說得也是呢。」

此時早坂同學「唉～」的一聲伸了個懶腰。

「我明明想幫助桐島同學的，但好處都被橘同學給占走了。」

「那看起來像是在幫早坂同學的忙就是了。」

「不，那是在幫桐島同學說話，我看得出來。你很高興嗎？」

「就算是這樣，橘同學也已經有男朋友了。」

我第一順位的戀情，目前是不可能實現的。

「即使如此，桐島同學還是很喜歡橘同學吧。」

「誰知道呢。」

「在ＫＴＶ的時候，你老是盯著橘同學看。」

「我沒有印象耶。」

「居然裝傻。你就是一直看著她，然後漸漸變得沒精神的。」

早坂同學「呵呵」地笑了出來，看來我在KTV的模樣似乎很有趣。

「橘同學只不過是幫男友的杯子插吸管而已，你反應也太大了。像這種事情，就算對方是沒感覺的男生也會幫忙啊，我也這麼做了。」

沒錯，早坂同學也幫身邊的男同學杯子插上了吸管。

「見到那個情況讓我更失落了。」

「是嗎是嗎，你有好好感到嫉妒啊。」

早坂同學似乎很開心。

「雖然沒幫上忙，但是我會依照約定安慰桐島同學。」

早坂同學朝我接近，但卻在快要碰到時停了下來。她盯著自己的腳尖，不停地踱著腳。

「總覺得今天有點害羞耶，這是為什麼呢。」

「不必勉強也沒關係。」

「不，我想跟桐島同學這麼做，因為那樣很讓人安心嘛。」

早坂同學雖然這麼說，但她卻紅著臉站著不動。

因此這次換我主動抱住了她。

「桐島同學。」

早坂同學伸手抱住了我的背部。這麼做的確能讓人安心，感覺十分幸福。

當我想著這種事的時候，她閉上眼睛仰起頭來。

我還以為只打算擁抱，但早坂同學的想法似乎有所不同。

「有哈密瓜蘇打的味道。」

接吻之後，早坂同學這麼說著。接著她撒嬌似的笑了笑，並將臉埋進了我的胸口。

「早坂同學真喜歡擁抱呢。」

「嗯，我喜歡這樣。」

我們暫時維持著這個姿勢。

「對不起喔，沒把桐島同學當成第一順位。」

「沒關係。」

因為我也一樣。

◇

過了幾天。

野崎同學順利地成功跟喜歡的女孩子開始交往。令人吃驚的是，對方似乎也早就對野崎同學有意思了。

第一順位的情侶成功交往的事讓我受到了些許衝擊。不過反過來說，既然兩人發展順利，也就代表對野崎同學或那個女孩有意思的人失戀了。

想跟第一順位的對象交往仍舊十分困難。

所以我跟早坂同學選擇彼此的備胎對象交往，是非常實際的作法。

跟備胎之間的關係只會有以下四種結果：

我們都跟第一順位的對象交往。

我們都沒能跟第一順位的對象交往。

只有我跟第一順位的對象交往。

或是只有早坂同學跟第一順位的對象交往。

畢竟要是我們能跟第一順位的對象交往的話會很幸福。但就算沒能如願，我跟早坂同學也能正式成為情侶，那樣也很幸福。

只有早坂同學跟第一順位對象交往的情況我才會失戀。相反地，也只有我跟第一順位對象成功交往，早坂同學才會失去對象。

也就是說，無論是我還是早坂同學，只有其中一種結果會變得不幸，其他三種結果都能得到幸福。

『失戀機率百分之二十五的法則。』

我這麼命名，並將其記錄在《戀愛筆記》上。

比起賭博似的孤注一擲向人告白，被打回票之後自暴自棄，這種做法能得到幸福的機率比較高，可說是跨時代的方法。

這種作法總有一天肯定會像墨菲定律一樣廣為人知。

我一邊這麼想，一邊一如往常地翻著《戀愛筆記》。

這是放學之後，在舊校舍二樓的社團教室發生的事。

當我還想著今天隔壁教室沒有聽見鋼琴聲時，突然有人叫了我的名字。

「桐島同學。」

我為了確認抬起頭一看，發現有個女孩子不知何時站在入口處。

是橘同學。

再次見到的她皮膚依然十分白皙，就像是夏天的海市蜃樓一樣。不過，這的確是她本人。

「那個——」

橘同學像是有話要說似的偏著頭。

「抱歉，我忘了自己想說什麼。」

橘同學真是我行我素。

「總之先坐下吧？」

「不必了，我馬上就會去練習鋼琴。」

「啊，是嗎。」

「前陣子的ＫＴＶ。」

橘同學突然用有些生硬的語氣開了口。

「你唱得真不錯呢。」

「是這樣嗎？」

「你是想用低音來做合音吧？」

乾脆就當作是這樣好了。

「桐島同學當天進包廂時坐在擔任圖書股長的女孩子旁邊，是為了幫野崎同學占位置對吧？得知兩人開始交往之後，我才明白桐島同學究竟做了什麼。」

我的確刻意作球讓野崎同學坐在他喜歡的女孩子身邊，橘同學似乎發現了這件事。

「你也會做這種事呢。」

「為了別人挺身而出的感覺還不錯喔。」

「你是為了早坂同學才刻意當開心果嗎？」

「妳在說什麼呢。」

「是無所謂。」

但是橘同學並未離開，而是像想到什麼似的從胸前的口袋拿出一張對半折起的紙。

「對了，我想把這個交給你。」

橘同學將一張紙遞了過來。接過它的瞬間我碰到了她白皙纖細的手指，觸感有些冰冷。

「這是什麼？」

「打開看看。」

我打開她交給我的紙張，上面用非常漂亮的字跡寫了名字。

是推理研究社的入社申請書，申請人是二年六班的橘光里。

我因為過於吃驚而說不出話來。真的會有這種事嗎？

「那個，請問，這是什麼意思呢？」

「就是字面上的意思，有什麼問題嗎？」

橘同學直直地盯著我看，美麗的瞳孔中充滿了不由分說的魄力。

「沒有……任何問題呢。」

聽我這麼說，橘同學點點頭說了句「是嗎」。

「從明天起請多指教，社長。」

她的語氣一直都很平淡，究竟是有什麼打算呢。

「話說回來橘同學，這份入社申請書寫錯了。」

「是嗎？」

「這裡不是研究會，而是研究社。」

「社長真是吹毛求疵。」

「因為我是A型的人。」

第2話 為什麼

早坂同學喜歡喝紅茶。她那雙手捧著杯子不斷吹氣的模樣，就像是一隻毛絨絨的小動物。

距離學校有段距離的地方，有一間咖啡廳泡的紅茶味道很好。這裡有著寧靜的復古氣息，或許是老闆的興趣吧，書架跟吧檯上塞滿了文學作品。

我打開大門走進店裡，發現早坂同學正在裡面的座位上一臉幸福地喝著紅茶。

這是在隔天，下過雨的放學後所發生的事。

「辛苦了，桐島同學。」

早坂同學發現了我，高興地揮起手來。

我走到她對面坐下，點了一杯咖啡。

「謝謝妳的這個。」

我將塑膠傘遞給她這麼說。

「把這個放在社團教室前面的人是早坂同學吧。」

「派上用場了嗎？」

「妳其實不必這麼做的。」

「沒關係的，我只是自己想幫桐島同學的忙。」

「要是不這麼做，桐島同學就會把自己的事情放一邊了嘛。」早坂同學這麼說著。

「之前你也幫了我的忙不是嗎？」

下課時間，有個男同學拿早坂同學的身材開玩笑，說那樣很色啦，想要玩玩啦之類的。就是常見的那類人。但由於他的嗓門很大，使得一段距離外的早坂同學表情有些困擾。

回過神來，我已經踹了垃圾桶，並跟那個男同學爭論了起來。導致他接下來一下課就到處宣揚「桐島喜歡早坂」。

「要是做了那種事，當然會出現你喜歡我的謠言啊。」

「這是事實。」

「但要是橘同學也這麼想就不妙嘍。」

「實際她也問了，問我是不是喜歡早坂同學。」

「你是怎麼回答的？」

「我說那並不是戀愛情感。雖然是謊話，但還是有點難過。」

「這樣就行了。」

早坂同學溫柔地露出微笑。

「不過，這樣啊，你跟橘同學兩個人一起待在推理社啊。」

早坂同學晃了晃手中的紅茶杯這麼說著。雖然她的表情很平靜，但還是能從中察覺出些許寂寞。

「能不能把你跟橘同學之間的事說給我聽呢？稍微有點進展了嗎？」

「真的好嗎？」

我對於將橘同學的事告訴早坂同學有些猶豫。

不過早坂同學卻笑著說：

「我想聽，告訴我吧。」

◇

橘同學每天都會來推理社露面。

每到放學後，她都會先去隔壁的第二音樂教室練習鋼琴，並在結束後來到社團教室閱讀國外的推理小說。

不知道是因為我太緊張，還是橘同學很冷淡的緣故，我們幾乎沒有交談。

不過倒是聊過鋼琴的事。

「社長喜歡哪首曲子呢？」

「咦？」

「我在隔壁彈琴的時候，你也聽得到吧。」

「嗯，是啊。」

「你喜歡哪首曲子？」

「我想想……大概是妳最近經常反覆彈奏的那首吧。」

「李斯特的《嘆息》。」

橘同學說完後重新看起小說，對話到此告一段落。

在聊推理小說的時候情況也差不多。

「橘同學有喜歡的謎題設計嗎？」

「易位構詞。」

「我是敘述性詭計。」

「嗯。」

我們一直都是這樣，但是那天的她少見地說了很多話。

那是個下著大雨的放學後。

「我說社長。」

橘同學呼喚著我，現在她正坐在沙發對面翻閱著《戀愛筆記》。

那是由畢業的推理社學長製作的戀愛教學書。

「這本書說推理跟戀愛是一樣的呢。」

「是指ＨＯＷ、ＷＨＯ、ＷＨＹ三個要素吧。」

《戀愛筆記》是以該怎麼做，對象是誰，以及理由是什麼的概念為主軸，來介紹該如何讓別人喜歡上自己，以及如何看出心上人在意對象的方法。

「不過只有ＷＨＹ的項目特別少呢。」

「因為戀愛的ＷＨＹ不是能夠輕易得出答案的吧。」

為什麼會喜歡上那個人呢。

這當然會有長相、性格、溫柔、或是可靠等，各式各樣的答案吧。

「不過，就算說是因為溫柔而喜歡上對方，但如果被其他人也同樣地溫柔對待，也未必就等於會喜歡上那個其他人。」

只是喜歡上的人碰巧很溫柔罷了。

「雖然推理小說會詳細地寫下動機。」

橘同學是這麼說的。說起人犯罪的理由，正是因為有動機，才會犯罪。

「不過看來戀愛未必是這樣呢。」

正是如此。

「戀愛是不需要理由的。」

「哼——」

「更何況，我認為去打聽『為什麼』很不識趣。不光是戀愛，對任何事情也都一樣。」

但是我現在非常想要問個清楚。

想直接向一臉若無其事的橘同學詢問「為什麼」。

問她為什麼要加入推理社。

放學後跟我待在一起沒關係嗎？男朋友不會有意見嗎？

但我卻因為不想破壞這段細膩的時光，最後什麼都沒有說。

「先浮現喜歡的感情，理由是在那之後。」

橘同學像複習似的複誦了一次。

「並不是溫柔或帥氣才喜歡上對方，而是喜歡上對方，才會覺得對方溫柔或是帥氣。」

「就是這樣。」

「那麼，喜歡是怎樣的感覺呢？」

橘同學用認真的表情問著。

「怎樣的感覺才能稱作喜歡？」

「這個……」

她的語氣簡直就像沒有喜歡上任何人似的。

當我正在思索的時候，橘同學將身體湊了過來。我的雙眼不禁被她胸口縫隙透出的白色內衣所吸引，但比起這個，橘同學卻說出了一件不得了的事。

「只要社長你把對早坂同學的心意告訴我就好了。」

「咦？」

時間靜止了下來。

「你喜歡早坂同學吧？」

「妳、妳在說什麼呢？」

「午休的時候，大家都是這麼說的。」

「——啊，是那個啊。」

我們的備胎關係似乎沒被發現，那就完全沒問題了。

「社長為了幫助早坂同學踢了垃圾桶。」

橘同學說。

「那就是所謂的溫柔對吧。」

「溫柔跟戀愛感情是兩回事。」

「那麼，社長對早坂同學沒興趣嗎？」

「……沒錯。」

「不過應該有談過戀愛吧？」

「是有幾次啦。」

「那麼請你告訴我。」

橘同學進一步逼近了過來，她的瀏海十分美麗。

「喜歡上他人是什麼感覺？什麼感覺才能稱作喜歡？」

她的言行毫無疑問就是個沒有戀愛過的女孩子。

我在困惑的狀況下作出回答：

「就一般而言，應該是心跳加速之類的感覺吧。」

「是嗎。」

橘同學閉上眼睛沉思了起來。

「難不成橘同學妳沒有心動過？」

「雖然沒有特別留意，但大概是沒有吧。」

可是她卻有男朋友，這究竟是怎麼回事？當我忍不住要開口詢問這件事的時候，橘同學將《戀愛筆記》翻開放在咖啡桌上。

「社長，來試試看這個吧。」

她指著《戀愛筆記》上HOW的部分。

內容是該如何讓對方喜歡上自己。換句話說，就是紀錄追求異性方式的橋段。

〈讓人心動的一百種方法〉。

這種命名方式實在讓人難以相信作者智商有一八〇的情報是真的，介紹的也盡是些少女漫畫常見的內容，像是壁咚、足咚、以及拉領帶之類的。（註：壁咚、足咚，日文寫作壁ドン、足ドン，指的是男女將異性逼向牆壁，用手或腳拍擊牆面發出「咚」一聲進行強勢表現的行為。拉領帶是指女性用力拉住男性領帶，湊近臉頰的行為。）

就算她說要嘗試，我也有點困擾。一方面是害羞，更何況足咚這種行為比較適合強勢的帥哥來做，跟我的形象不符。

「我想體驗心動的感覺。」

「就算妳這麼說……」

橘同學恐怕沒有談過戀愛。

如果是這樣，那個男友恐怕也只是掛名。但就算真是這樣，從一般的價值觀來看，也不該跟有對象的女孩子做這種事。所以說——

「今天該回去了吧，外面還在下雨。」

「是嗎。」

橘同學乾脆地站起身，開始準備回家。

「看來我似乎提出了很麻煩的要求呢。」

「也不算是麻煩啦……」

「社長露出了為難的表情。」

應該是我的關係吧，她這麼說著。

「我不會再拜託你了。」

她一臉失落地準備走出社團教室的門口。

這簡直就像是我傷害了她一樣，胸口一陣刺痛。

事到如今也沒辦法，就照她說的做吧。我用雙手拍了拍自己的臉頰。

轉換心情將自己當成帥哥，假裝是電視劇的主角。

我將手插進口袋，一腳踢向牆壁。

「嘿等等！」

我用腳擋住了橘同學的去路。

「啊哈。」

橘同學卸下原本的表情露出了笑容，我還是第一次見到她這麼開朗的表情。

「這就是那個叫『足咚』的動作吧！」

就是在女主角離開時，要像個壞男人般強硬地把她留下來。重點在於腳要抬高，語氣跟動作要粗魯一點。《戀愛筆記》上是這麼寫的。

「社長很有幹勁嘛。」

「畢竟等雨小一點比較好啊。」

「你打算讓我心動呢。」

「只能稍微試試看喔。」

有男朋友又怎麼樣？一般常識我早就在決定跟備胎對象交往時捨棄了。更何況，所謂的一般指的就是「你自己」啊，太宰治也寫過類似的內容。

我總是會擅自在意沒根據的大眾印象，並試圖將自己套進框架受到束縛。所以說，至少在戀愛上要做自己。

「那麼，來吧。」

「嗯，試試看吧。」

於是事情就變成了這樣。

◇

首先我們再次從基本的壁咚開始嘗試。

我請橘同學站在牆壁前面。由於我的身高是一七〇公分，而她在一六〇公分左右，因此有點向下俯視的感覺。

「我認為讓人心動的方式會依照對象而有所不同。也就是說，就算我沒有效果，其他人或許就能讓妳心動。」

「相反的，或許也只有社長能讓我心動也說不定，是這樣沒錯吧。」

橘同學妳在說什麼啊，如果真是這樣就太棒了。

「另外，現在做的都是些少女漫畫中常見的行為，我個人認為應該沒有女孩子會因為這種事情心動。」

「如果有的話？」

「那或許是個很好哄的女孩子吧。」

「是嗎。」

「那麼，要開始嘍。」

我伸手搭在橘同學臉龐旁邊的牆上，但只發出「啪！」的一聲。感覺有點愚蠢，橘同學也一頭霧水。

「總覺得很無聊，跟剛剛的足咚不太一樣。」

橘同學暫時陷入了沉思。

「也沒有台詞。社長，邊講話邊試試看吧。」

「剛剛那只是趁勢做的，那樣做其實很讓人害羞耶。」

「害羞的人是我吧。」

看起來一點都沒在害羞的橘同學這麼說著。

「我明白了。我就認真的做一次，不要笑喔。」

「當然。」

再來一次。

我趁勢將手拍在牆壁上，接著開口說道：

「妳只要看著我就好。」

我拋棄了自己的羞恥心。

橘同學則是表情平淡「嗯」的一聲點了點頭。

「也試試看肘咚吧。」（註：肘咚，日文寫作肘ドン，是指將男女逼近牆壁之後改用手肘倚著牆壁，壁ドン的手肘版本。）

看來是及格了。

「台詞變化一下，稍微有點強硬的比較好。」

「了解。」

橘同學還真是投入耶，她或許有藝術家性格也說不定。

「那麼要開始嘍。」

接著我將手肘按在牆壁上。這是壁咚的衍伸，也就是所謂的肘咚。彼此的距離會比用手時來得更近。

我用彷彿壓在橘同學身上的姿勢開了口：

「今晚不會讓妳回去的。」

橘同學看著我的眼睛一動也不動。近距離下的她宛如玻璃藝術品那般纖細，具備了超脫現實的美感。

「心動了嗎？」

「……是呢。」

橘同學說完之後，突然拉住我脖子上的領帶。彼此的臉頰更加靠近，都快碰到額頭了。她那長長的睫毛跟看似冰涼白皙的臉蛋，一切都顯得這麼美麗。

「……吶，心動了嗎？」

她這麼問著。

我心動的不得了。不過，就算她不用這麼做，我的心臟也一直跳得很快。畢竟橘同學是我最喜歡的人啊。

「……橘同學，這是『拉領帶』吧。」

「沒錯，筆記上是這麼寫的。」

這是由女孩子拉住男生的領帶，並將臉頰湊近讓對方心動的方法。

「橘同學也真起勁耶。」

「多試幾種吧。」

於是我們一個接一個地實踐起寫在《戀愛筆記》上的方法。

像是地咚、轉椅子，以及其他許多內容。（註：地咚，日文寫作床ドン，指男女將對象推倒在地，雙手壓在其頭部左右兩側的動作。）

連彼此各戴一邊耳機聽音樂的那種情侶耳機也嘗試過了。

唯獨沒有進行肢體接觸。

橘同學是出了名的討厭被男人碰。每當有人穿過桌間走道時，她都會側過原本就很纖細的身軀避免碰到對方，如果有男老師想將手放上她的肩膀，她就會用自動筆的筆尖制止對方。

不過，當暫時將心動的方法試過一遍，我因為疲勞坐在沙發上休息時，橘同學來到我身邊這麼說了：

「最後來試試肩枕吧。」

所謂的肩枕，是男性將頭枕在女性肩膀上的情境。男性此時示弱向女性撒嬌似乎很受歡迎。

「真的可以嗎？」

「可以喔。」

我調整成淺坐姿，將頭倚靠在橘同學的肩膀上。

我感受著橘同學纖細的身體。雖然想說些風趣的話，但卻什麼都說不出來。

窗外傳來了雨聲，我的內心也變得寧靜。

橘同學忽然用另一側的手摸起我的頭。她的觸摸方式既像是在進行觀察，又像是在確認骨骼。

「橘同學？」

我因為想知道她這麼做的用意，忍不住開口提問。

但緊張的人似乎只有我一個，橘同學顯得十分平靜。

「怎麼了？」

橘同學一臉茫然地反問道。

看來她真的只是純粹基於好奇心才這麼做的。

「……差不多該回去了吧。」

我這麼說著。

「說得也是。」

我們不約而同地分開，社團活動宣告結束。分別收拾東西準備離開社團教室。

在打開門的時候，我聽見了某種物體倒下的匡噹聲。

是一把塑膠傘。

上面殘留著直到剛剛都在的某人的氣息。

「橘同學，妳有帶傘嗎？」

我撿起塑膠傘這麼問。

她翻找起自己的書包，過了一陣子之後開口：

「——沒有。」

◇

「傘有幫上忙真是太好了。」

早坂同學朝桌子底下的塑膠傘看了一眼這麼說，那是我一進咖啡廳就立刻還給她的傘。

「你們共用了一把傘吧？」

「嗯。」

不知道為什麼。

跟橘同學之間發生的事，我連一半都沒告訴早坂同學。

只說了一起在雨天的社團教室看書，稍微聊了一下，用了早坂同學放在門前的傘一起回家的事。對壁咚跟肩枕之類的事隻字不提。

我要是跟橘同學感情變好，早坂同學會受傷也說不定。會有這種想法，或許只是我自作多情。

「你們一起撐傘了吧？結果怎麼樣？」

「感覺有點尷尬，一路上我們都刻意避免碰到彼此的肩膀。」

「是嗎……」

「竟然還留了傘，妳明明不必這麼做的……」

協助第一順位的對象或許很令人難受也說不定。

早坂同學在KTV的時候曾經這麼說過。

「沒關係啦。畢竟我老是受到桐島同學幫助，這次輪到我來幫你了。」

「話說回來——」早坂同學接著開口。

「桐島同學還在關注橘同學男友的社群帳號嗎？」

「嗯，因為習慣了。」

早坂同學也知道我的這個怪癖，不過並非是我自己告訴她的。

因為，這就是我們交往的契機。

那是發生在距今兩個月前的五月份，我跟早坂同學沒有任何交集的時候。

我的手機掉在車站的月台上，剛好在附近的早坂同學撿到了它，並還給了我。也是在這個時候，她見到了顯示著橘同學照片的社群網站畫面。

「桐島同學喜歡橘同學對吧。」

早坂同學這麼說道。

她似乎發現了我的目光總是追尋著橘同學的身影。

「順帶一提，我第二喜歡的人是早坂同學。」

為了掩飾被猜到意中人的害羞，我這麼說著。

「不過，妳為什麼要追著我的視線跑呢？」

聽我這麼問，早坂同學的臉頰紅了起來，像是想蒙混過關似的用半開玩笑的口吻做出回答。

「因為我也喜歡桐島同學。」

接著她豎起兩根手指。

「是第二喜歡的人。」

於是我們就這麼跟彼此的第二順位開始交往。

當我回憶著這些事情時，咖啡店的店員注意到我的杯子空了，非常高雅地看了我一眼。於是我又點了一杯一樣的咖啡。

「暫時別去看橘同學男友的社群帳號比較好喔。」

點完餐後，早坂同學看著我放在桌上的手機這麼對我說。

「為什麼？」

「因為你要是看到橘同學跟男友打成一片的照片，會很失落吧。」

「我總是因此感到痛苦。」

「這樣對健康不好喔。」

「不過愈是痛苦，我就愈能真切地感受到自己對橘同學的感情。」

「桐島同學太扭曲了。」

「是啊。」

我邊說邊拿起手機。

「謝謝妳，早坂同學。不過我不要緊的。」

因為會看到什麼，我早就心裡有數了。

我打開了社群網站的頁面。

上面是橘同學的男友對她進行壁咚和肘咚時自拍的照片。

『我想體驗心動。』

橘同學是這麼說的。也就是說，她用我來練習，接著跟男友實踐。

想對男友感到心動是很自然的事。

「桐島同學，你沒事吧？」

「我不要緊，反倒還覺得有趣起來了。」

「你邊從嘴角流出咖啡邊這麼說也沒說服力啊。」

早坂同學伸腳戳了戳我的皮鞋。

「我可以說實話嗎？」

「可以啊。」

「我非常喜歡桐島同學因為橘同學而垂頭喪氣的樣子。」

「這麼一說，早坂同學也實在很扭曲耶。」

「嗯，就是說啊。雖然我一方面也想支持桐島同學的戀情，但還是會嫉妒橘同學。所以只要桐島同學感到失落，我就會有點高興。」

我有好好支持你第一順位的戀情喔，早坂同學如是說。

「不過啊，在看到這則貼文的時候我稍微有點放心了。畢竟我還能當桐島同學的女朋友嘛。」

「目前我跟橘同學感覺不會有下文啊。」

「沒機會的意思？」

「嗯，橘同學不會對我感到心動。」

「太好了，我這麼想真是抱歉。」

此時早坂同學壓了壓自己的瀏海。

「總覺得我像是個討人厭的女生呢。」

「妳維持這樣就行了。」

我們就是這種關係。正因為真的互相喜歡，所以想支持對方戀情的想法，以及不希望對方離開自己的心情是同時存在的。

「比起這個，還是來思考週末的行程吧。」

「嗯。」

這才是我們來這間咖啡廳集合的目的。

我們在寧靜的店裡一邊聽著倒咖啡的聲音，一邊討論週末該怎麼辦。

因為只有週六中午有空，我們約好屆時一起出門。

不過也只到中午為止。

因為早坂同學下午跟第一順位的對象約好要見面。

「桐島同學不覺得討厭嗎？」

「討厭什麼？」

「因為我跟桐島同學玩到一半就跑去另一邊了嘛。」

「沒關係啦，第一順位優先。」

「感覺桐島同學不怎麼嫉妒呢，明明我很嫉妒的說。」

早坂同學說了「這是為什麼呢？」並偏著頭。

「是因為我認識橘同學的緣故嗎？畢竟桐島同學不認識我第一順位的對象嘛。」

「嗯，大概也有這個原因吧。」

畢竟是其他學校的人，所以也沒見過面。

「不過桐島同學也可以稍微表現出一點嫉妒心喔。」

「下次我會露出非常困擾的表情的。」

「嘻嘻，請多指教。」

決定好週末行程之後，我們離開咖啡廳，牽著手踏上歸途。

早坂同學不斷更換牽手的方式，享受著手的觸感。

「我喜歡被桐島同學觸碰。」

「話說回來，妳靠太近了。」

「才沒那回事呢，我這樣已經很客氣了。」

「要是不客氣的話？」

「會像這樣。」

這樣與其說是牽手，根本是整個人抱上來了。

「早坂同學，這樣不太好。就算這裡離學校很遠——」

「吶，桐島同學，下次再來我家吧。」

「妳有在聽嗎？」

「總覺得多摸一點，我們的感情就會愈來愈好呢。」

「黑猩猩也有透過肢體接觸來停止爭吵的案例就是了……」

「是喔。」

早坂同學眼睛一亮，看來我說了多餘的話。

「那麼我們也來多做點肢體接觸吧。」

任憑早坂同學把臉貼在我身上撒嬌，我拖著她踏上歸途。

夕陽西下，夏夜的氣味傳了過來，使我莫名地心跳加速。或許是因為夏天晚上會舉辦煙火大會或是夏日祭典，使我無意識間期待著會有什麼開心的事發生也說不定。

話說回來，我這麼想著。早坂同學無條件地信賴著我。

明知如此，我卻在跟她的對話中說了兩個謊。

一個是不認識早坂同學第一順位對象的事。

其實我不但認識他，而且感情還相當不錯。

另外一個則是——

『橘同學不會對我感到心動。』

當時我是這麼說的。

不過，下雨那天的事情還有後續。

橘同學大概對我動心了。

◇

「橘同學，妳有帶傘嗎？」

「——沒有。」

在飄著雨聲的走廊上稍微互看了一會兒之後，我這麼開了口：

「要一起去車站嗎？」

橘同學靜靜地點了點頭。

我們理所當然地共撐塑膠雨傘並肩行走。因為她看起來太過冷靜，使我也開始覺得這個狀況十分自然。

「你不用刻意把傘偏向我這邊。」

橘同學用手指拉起傘的邊緣。

「社長的肩膀都濕了。」

橘同學為了讓傘罩住我們兩個，身體朝中央靠近。

我們每走一步，肩膀就會碰在一起。

她大概真的是個沒有談過戀愛的女孩吧，所以就算與人這樣肩碰肩也無動於衷。既不明白這麼做的意義，也沒想過後續會發生什麼事。

不過她現在正帶著興趣，開始學習如何讓自己動心。

畢竟橘同學的感性比我要敏銳得多，一定立刻就能搞懂許多事吧。到了那個時候，她究竟會變成一個怎樣的女孩呢？

「今天我們做了很多嘗試呢。」

「的確呢。像是壁咚跟肘咚，也還有拉領帶。」

「社長你一開始說過，會因為這種事情心動的女孩很好哄。」

「確實是呢。」

身旁的橘同學身上傳來了一股清爽的香氣。

相反地，我渾身都是汗水。因為撐同一把傘使我對此感到在意，於是試著稍微移動身體拉開距離，但橘同學先我一步抓住了我的襯衫袖子。

「會淋濕喔。」

「啊、嗯……」

她像是在叫我不要離開似的，一直維持這個距離感行走著。

不光只是肩膀，我的手臂不時還會碰到橘同學的襯衫袖子，或是拂過她長長的秀髮。這使我的注意力都集中在上面，而她還是一如既往地毫不在意。

到了車站之後，因為回家方向相反，我們在剪票口的地方道了別。

「再見。」

橘同學朝我揮了揮手。她的動作充滿活力，表情也很開朗。

平時不笑的女孩露出笑容著實充滿魅力。

原以為橘同學會直接走進月台，但她最後卻轉過頭來。

「那個，社長。」

「什麼事？」

橘同學露出靦腆的表情開口說著：

「我或許是個很好哄的女人也說不定。」

◇

「我可是很擔心喔。」

擔任學生會長的牧這麼說著。

午休時間，我在社團教室準備期末考的時候他走了進來。

「擔心桐島你會不會感到沮喪呢。」

「為什麼我會沮喪啊？」

「因為橘她男友的社群帳號啊。」

「啊，那個啊。」

「你意外地挺冷靜的嘛，明明其他人都受到重創了說。」

除了我以外，還有很多人也有在看那個帳號。

橘同學男友上傳的壁咚照片對許多橘同學的粉絲造成了重大打擊，現在校園裡到處都是他們行屍走肉的模樣。

「畢竟都曬出這麼親密的照片了啊。」

「不過那些傢伙內心都很堅強，好像還相信會有希望耶。」

「哪裡有希望啊？」

「橘不是很討厭被男人碰嗎，據說好像連男朋友都沒碰過她喔。」

今天似乎有很多人見到了橘同學的男友在走廊上伸手想叫住她，卻被橘同學華麗地轉身躲掉的光景。

「不過光是男友這個身分，就已經搶先好幾步了吧。」

當我們聊著這種話題時，走廊上傳來了逐漸接近的腳步聲。

橘同學手上抱著讀書用具，打開門走了進來。她最近每到午休時間都會跑來推理社的教室念書。

「電燈泡就先走一步嘍。」

在橘同學進來之後牧隨即離開了社團教室，於是只剩下我們兩個。

「你們在聊什麼？」

「不怎麼重要的事。」

「是嗎。」

橘同學坐上沙發，翻開了課本跟筆記。她要是不念書似乎會很不妙。

她的音樂跟美術十分完美，語文也還普普通通。但世界史、數學跟化學這一類的學術科目她都很不擅長。

因為橘同學總是一派輕鬆的樣子，原以為她做什麼都很擅長，沒想到拿到的成績卻這麼不好看。

跟所有科目都能完美拿到平均以上分數的早坂同學完全相反。

「社長，你在念哪個科目？」

「數學，橘同學呢？」

「在看世界史。」

橘同學說完後就翻開資料集開始閱讀，但她似乎是覺得念書很無聊，身體立刻搖晃了起來，接著保持端正的姿勢睡著了。

長長的睫毛、細緻的眼皮、沒有絲毫褶皺的制服裙襬，就算睡著還是很好看。

但無論看了多久，我還是看不穿她的內心。

我操作手機，再次看起橘同學男友的社群帳號。

上面貼著壁咚、肘咚等各式各樣的照片。

但就是沒有肩枕。

我的心中浮現了各式各樣的「為什麼」。

為什麼沒有被男友觸碰的照片？

為什麼被我觸碰也沒有反應？

在社團前打開書包的時候，裡面明明放著一把折疊傘，但她為什麼要說沒有帶呢？

但到頭來我還是什麼都沒問，只是靜靜地眺望著橘同學的睡臉。

第3話 她該不會是喜歡我吧？

「這樣會很怪嗎？」

來到約定地點的早坂同學有些害羞地說。

她身穿水藍色的襯衫搭配及膝的白色裙子，是散發著備受呵護氛圍的打扮。

這使我不禁看得入迷。

「我說，說點什麼嘛，桐島同學。」

「…………我覺得很可愛，這是我最保守的說法了。」

「太好了。」早坂同學摸著自己的胸口鬆了口氣。

這是在週六上午發生的事。

今天約會的主題就是一起購物。

雖然有點壞心眼，但跟早坂同學走在一起讓人非常愉快。擦身而過的人總會回頭多看一眼，能跟這種女孩交往實在令人自豪。

雖然還聽見了「癩蝦蟆吃天鵝肉」、「最近這種人很多耶」、「因為每個女生看男人的眼光不一樣嘛」之類的聲音。沒差，大概是幻聽吧。

「那麼我們走吧。」

我們走進了車站大樓。

「桐島同學看起來很從容耶。」

將女性時尚店大致逛過一遍之後，早坂同學這麼說道。

「我一直以為男孩子都很不習慣逛這種店，難不成你很常來嗎？」

「不，完全沒有。不如說我是第一次來。」

我非常能夠理解男人在陪女孩子買東西時感到緊張的心情。面對時尚的空間以及打扮華麗的店員小姐，會產生一種自己格格不入的感覺。

「不過我已經豁出去了。土的人就是土，就算要帥也沒有意義。」

「這樣算是堅強嗎？」

早坂同學搖了搖頭。

「不對，桐島同學能變得更帥氣的。」

她拉著我的袖子走到一間賣生活雜貨的店裡。

「我覺得你試著用這個應該會很不錯喔。」

早坂同學從架子上拿了一罐髮膠下來。她將試用品塗在手上，接著對我的頭髮既撥又梳的。我往鏡子裡一看，眼前是髮型被整理得整整齊齊的自己，這也是理所當然的。

「明天開始我會試試看的。」

「不過變得太帥氣可是不行的喔。」

「為什麼？」

「要是桐島同學太受歡迎，我會覺得不安嘛。」

「說得像是我現在不受歡迎似的。」

雖然是事實所以也沒辦法，但早坂同學也太實話實說了。

之後早坂同學也在同一間雜貨店買了圍裙，她最近似乎開始練習做菜了。

「桐島同學有什麼愛吃的菜嗎？」

「燉茄子。」

「我會加油的！」

早坂同學伸手拍了拍手臂這麼說，真是個一千分滿分的女朋友啊。在那之後我們又逛了各式各樣的店。

「等一下，桐島同學。」

在經過飾品店的時候，早坂同學突然拉住了我的袖子。

「你剛剛看了其他女人對吧？」

「我不知道妳在說什麼。」

我看了。畢竟那是個身材姣好，讓人忍不住往胸部看的店員小姐嘛，可是——

「雖然完全沒有頭緒，但我想畢竟人終究也是動物，或許會被移動的東西自然地吸引目光也說不定。」

「桐島同學會開始講道理的時候，大多都是想要逃避喔。」

「說什麼逃避，我是清白的。就算上戀愛法庭也會被判無罪。」

「真的嗎～！」

早坂同學邊說邊挽住了我的手臂，就像是在主張「我也有胸部啊」一樣。並且一如往常地主動這麼做之後，又自顧自地害羞得滿臉通紅。

這可說是一段如同美夢般的快樂時光。

不過我又在見到早坂同學看手錶的動作後被拉回了現實。

「時間沒問題嗎？」

我搶先一步提問，早坂同學說了句「抱歉喔」並迅速跟我分開。

這場約會只到中午為止，之後早坂同學要跟第一順位的對象出遊。

「還有一個小時左右。」

「那就找地方喝杯咖啡吧。」

當我們做好決定，準備前往該樓層的時候。

有個女孩從書店離開，穿過了我們面前。隨後她像是注意到什麼似的停下腳步，轉頭朝我們看了過來。

「這不是社長嗎？」

是橘同學。

她一改平時的文靜風格，身上穿著無袖襯衫跟短褲，給人一種夏日少年的感覺。但是露在短褲外的大腿柔嫩白皙，幾乎裸露到肩膀的手臂也充滿女性魅力，令我莫名地心跳加速。

橘同學來回看著我跟早坂同學的臉之後偏著頭。

「不、不是啦！」

早坂同學連忙開口否認。

「我們只是偶然遇到，然後才一起去買東西的！」

「是這樣嗎？」

橘同學看了我一眼。

「我是來買髮膠的。因為不太了解這方面的事，所以才找她商量。」

我拿起購物袋幫腔。

「我是買圍裙跟指甲油！」

早坂同學也做出一樣的動作。但眼神卻不斷地游移，演技真差。

「哦——」

橘同學看了看早坂同學購物袋裡的內容。

「真可愛的款式呢。」

因為橘同學的臉靠得很近，早坂同學的臉紅了起來。橘同學是個能讓同性也感到害羞的女孩子。

「我、我說，橘同學。機會難得，要不要三人一起去喝杯茶？」

早坂同學這麼說著。

「可以嗎？」

不過橘同學問的人是我。

「不會礙事嗎？」

在這麼問著的橘同學背後，早坂同學露出有些笨拙的笑容豎起兩根手指。

『我當備胎女友也沒關係。』

向我傳達了這樣的訊息。

明明是兩人獨處的約會，變成這樣實在讓人過意不去。

但要是立場互換，我應該也會這麼做。

於是我們決定三人一起喝杯茶，走進了位於車站大樓頂樓的咖啡廳。

我點了普通的咖啡，早坂同學是紅茶，橘同學則是一杯名稱聽起來很甜的飲料，還跟店員追加了各式各樣的配料。

我們三個圍著一張圓桌。

「橘同學去書店買了什麼呢？」

早坂同學這麼問道。雖然她跟橘同學的感情沒有特別好，但由於她都會像這樣主動搭話所以很好交談。

「樂譜跟推理小說，打算帶去社團看。」

「是嗎，畢竟橘同學加入了推理社嘛。」

「早坂同學怎麼會知道呢？」

「咦？」

「加入推理社的事，我沒有跟任何人說。」

一被這麼問，「呃，這是因為——」早坂同學在這麼說的同時著急地頭昏眼花了起來。

不過橘同學拋下一句「妳跟社長感情真好呢，這點是無所謂」之後，便將話題轉回剛買的書本上。

「其實我是電子書派的，但這麼一來社長就沒辦法看了，所以我最近都買紙本書。」

這麼說來，橘同學都會把看完的書放在書架上，看來那似乎是在為我著想。

「把平板借給他不行嗎？」

聽到好不容易恢復冷靜的早坂同學這麼問，橘同學轉頭說了句「因為很不好意思」。

「畢竟也會被看到其他書籍，像是少女漫畫之類的。」

「橘同學會看少女漫畫嗎？」

「因為開始對戀愛感興趣了。」

早坂同學一副想吐槽「事到如今才講這個？」的表情。

「然後，在看的途中，我明白了很多事情。」

雖然很想知道她究竟從少女漫畫中學到了什麼，但她卻早一步說出了不得了的發言。

「早坂同學喜歡社長對吧。」

「咦？」

早坂同學因為動搖差點把紅茶噴了出來，手上的杯子也喀噠喀噠地晃個不停。

「為、為、為、為什麼？」

「我隱約有這種感覺。」

「才沒有呢，是橘同學妳誤會了。」

「是嗎，是我誤會了啊。我的直覺向來都很準的說。」

「既然如此——」橘同學這麼說著。

「就算看到我這麼做也無所謂嗎？」

她突然握住了我的手。

早坂同學當場愣住，做不出任何反應，我也吃了一驚。

「橘同學，做這種事有點——」

「社長你安靜。」

橘同學更進一步地又是十指相扣，又是溫順地挽上手臂。位置跟早坂同學剛剛抱著的位置完全一樣，她的直覺還真準。

「……我又不喜歡他，完全無所謂喔。」

早坂同學的笑容顯得相當僵硬。

早坂同學，妳不能擺出那種表情啦。橘同學是剛對戀愛產生興趣的女孩子，也就是所謂的戀愛初學者，只是想透過觀察我們來學習罷了。

「因為我有其他喜歡的人。」

早坂同學肩膀顫抖著如此說道，結果這令橘同學的眼中閃過了好奇心。

看來就算是橘同學這種沉著冷靜的人，也會因為戀愛話題而感到興奮。

「是個怎樣的人？」

「呃，是個比我大一屆的學長。」

「學長？感覺很厲害呢。」

橘同學顯得很吃驚，看來學長似乎不在她的選項之內。

「外表是什麼感覺？」

「外表？長得很高，雖然偏瘦但因為有在運動所以身體意外地結實。長相的話，該怎麼說呢，感覺很有男子氣概。」

「性格呢？」

「值得信賴，會帶領大家。」

「跟社長完全不同呢。」

「嗯，跟桐島同學完全不一樣。」

她們兩個還真是不留情耶。

「早坂同學跟那個人待在一起會心跳加速嗎？」

「確實呢，我會緊張。不過與其說是心跳加速，不如說是會一直呆看著他，因為我很仰慕他。」

「嗯——也有這種方式的喜歡呢。」

接下來一個小時左右，我們聊了些會在教室裡談論的內容。像是考試考得如何、輔導老師很可怕，或是有沒有推薦的影片之類的內容。

從交談中得知，我跟橘同學有著共同的興趣。像是喜歡深夜廣播，以及冬季奧運時一定會收看冰壺比賽。這種冷門興趣能夠找到知己，讓我非常開心。

「那麼，我差不多該走了。」

早坂同學看著手錶站了起來。

接著猶豫了一會兒後，對橘同學開了口：

「我現在就是要去跟那個人見面。」

「咦？真厲害呢。」

「不，一點都不厲害啦。畢竟還有很多人在嘛。」

「不過，如果能順利就好了。」

「謝謝妳。」

離開之前，早坂同學對我道了個歉。

「這麼匆忙真的很對不起。」

她好像對在上午結束約會，前去赴第一順位對象的約這件事感到抱歉。

所以我也豎起兩根手指。

『我當備胎男友也沒關係。』

向她傳遞了這個訊息。

結果我跟橘同學被留了下來。

「社長看起來無精打采的。」

「沒那回事。」

「是因為早坂同學要去跟喜歡的人見面的關係吧。」

她似乎還認為我對早坂同學抱有戀愛情感，雖然是事實就是了。

「這件事我只說一次。」

說完這句話之後，我繼續開口：

「早坂同學喜歡的人是我國中時的學長。」

他不僅爽朗，個性又好，還是個帥哥。

「那麼，就算早坂同學跟那位學長交往，你也無所謂嗎？」

「那當然。」

雖然早坂同學不知道，但是設法讓她跟學長搭上線的人正是我，所以事到如今我也不會對此感到後悔。

「哦——」

橘同學似乎無法接受。

「那麼，你在腦中描繪一下那位學長的臉吧。」

「描繪出來了。」

「試著想像早坂同學跟那位學長互相擁抱，接吻的情境。」

「想像好了。」

「到時候早坂同學會露出社長你沒見過，既幸福又安心的表情喔。跟在學校時不同，這是只有那位學長能見到的嬌羞表情，這樣如何？」

「完全沒問題。」

「咖啡從嘴角滲出來嘍。」

我似乎太小看第二喜歡這種感情了，光是想像就令人非常難受。

當我跟橘同學一起進行社團活動時，早坂同學也是這種心情嗎？

現在橘同學就在我的眼前，這個狀況非常令人開心。

但是無論如何，她都是有男朋友的。

我第一順位的對象是有男友的橘同學。

第二則是雖然能擁抱跟接吻，卻有著其他心上人的早坂同學。

我開始不明白自己的感情該何去何從。正常來看，兩邊的戀情都不會有結果。並開始想像既無法跟橘同學交往，早坂同學也離我而去的未來。

「社長，你要回去了嗎？」

「嗯，雖然是夏天但總覺得有點冷呢。」

「是嗎，那我要不要去看看衣服呢。」

我留下橘同學離開了車站大樓。

接下來究竟會怎麼樣呢？但總覺得無論再怎麼想也無濟於事。

我抱著鬱悶的心情搭上電車，找個座位坐了下來。

就在這時，一則簡訊傳了過來。

是早坂同學第一順位的對象，柳學長傳來的。

◇

早坂同學從未跟我提過自己第一順位對象的事，但我認識那個人。

柳學長。

我們就讀同一所國中。

他對任何人都一視同仁，擅長踢足球。某次在體育大會上我們被分到同一組，愛照顧人的學長放不下不擅長運動的我，以此為契機我們成為了好朋友。

雖然彼此升上的高中不同，但我們現在還是保持著聯絡。

學長從國中開始就是職業足球俱樂部青年隊的一員，不過卻在高二的冬天退出了。他似乎一直都在尋找退出的機會。自從升上高三之後，他就一邊準備考試，一邊在週末時踢室內足球來放鬆。

我曾經參加過一次室內足球的比賽。當時因為人數不夠，又是男女混合比賽，所以初學者也能參加。

柳學長非常受歡迎，就連這種比賽也有很多人幫他加油。在那些人之中，也包含了跟我成為備胎情侶之前的早坂同學。

「那女孩是我高中同學喔。」

「啊，小早坂嗎。」

「她經常出現嗎？」

「她常常過來加油喔。」

「是有心上人在嗎？」

「只要告訴我對方是誰，我就會幫忙的說。」

柳學長雖然很受歡迎，但卻非常遲鈍。

整場比賽，早坂同學都一直盯著柳學長看，甚至沒注意到我的存在。

在那之後的五月，早坂同學在車站月台上這麼對我說了。

「桐島同學喜歡橘同學對吧。」

當時我非常猶豫該不該說出來。

「這麼一說，早坂同學喜歡柳學長吧？」

但最後說出口的，是「我第二喜歡的人是早坂同學喔」這句話。

當我們開始交往之後，早坂同學曾提過一次自己第一順位的事。

「我第一順位的戀愛或許很難實現吧。」

早坂同學有些落寞地說。

「因為會緊張，我只能站在遠處看著他，什麼都做不到。」

當天晚上，我打了電話給柳學長。

「學長還記得早坂同學嗎？」

「她是桐島的同學吧？」

「我希望學長能邀請她加入球隊，她雖然想踢室內足球，卻好像因為怕生而說不出口。」

「我知道了，給我她的電話號碼吧。」

「記得別跟她說是我講的喔。」

過了一會兒，柳學長再次打了電話過來。

「我試著邀過她，但她只是說著『啊哇哇哇哇』就把電話掛斷了。」

「她是個非常怕生的人，請學長再打一通電話給她。這次記得等早坂同學冷靜下來再提出邀請。」

隔天早坂同學一直都是笑咪咪的。

「稍微遇到了一點好事。」

就這樣，早坂同學變得能去參加室內足球了。

畢竟這是我主動幫的忙，更何況我們是在有第一順位對象的前提下交往的，所以我完全不介意她中斷約會跑去赴另一邊的約，不如說還支持她這麼做。

不過為什麼呢，在目送早坂同學離開的時候，我的胸口會感到鬱悶。

主動抱住我的早坂同學，向我索吻的早坂同學，以及表現出不同於平時的一面，有些不健全的早坂同學。

明明應該是備胎，我卻變得愈來愈喜歡她了。

◇

我坐在電車座位上，看著柳學長傳來的簡訊。

『桐島，你該不會喜歡小早坂吧？』

電車遲遲沒有出發。車窗能夠看到站前的大型電器店，早坂同學正在那棟大樓的屋頂愉快地踢著室內足球。

我操作手機回了訊息。

『為什麼這麼問？』

『小早坂非常受歡迎喔。』

在室內足球的成員中，似乎也有很多人對她有意思。

『要是桐島有這個想法，我就不讓其他人接近她了。』

『不，我對她沒這個意思。』

『真的嗎？畢竟桐島是個就算有機會射門，還是會傳球的人啊。』

『足球跟戀愛是不同的。』

『踢球方式也能看出一個人的性格啊。不過，如果是這樣就算了。那麼我們要開始練習了，桐島你要是有興趣的話隨時歡迎喔。』

我的內心五味雜陳。

既希望早坂同學能跟第一順位的對象順利發展，但同時也希望她能回到我身邊。搖擺不定的心情使我有些疲累。

想早點回家睡覺。

雖然這麼想，但這裡是電車的起始站，因此到現在都還沒發車。

過了一陣子之後，發車鈴終於響了。

電車的門正要關起來，而就在這時候。

一位長髮的女孩子踏著輕快的步伐跑進車內。

「既然機會難得。」

橘同學默默地坐到我身邊開口。

「就來進行社團活動吧。」

「……今天是假日。」

「假日練習。」

原來如此，橘同學還真是認真。

◇

橘同學穿著充滿夏日風情的白繫帶涼鞋，鞋底很厚。讓我產生了要是不讓它降低一點的話，站在一起時我會很沒面子的想法。

「社長果然很沒精神呢。」

「妳在說什麼啊，我超有精神的，甚至想立刻衝出去蹦蹦跳呢。」

橘同學正看著車窗外的風景。

她雖然一臉淡然，但怎麼想都是來追我的。

這台電車是開往我家的方向，跟橘同學的家方向也不同。

「橘同學，雖然妳說要進行社團活動，不過妳打算在哪做？」

「學校。」

「那就得換車了呢。不過就算我同意了，但我們可是穿著便服耶，這樣不太妙吧？」

「從後門進去就行了。就算被人看到，也不會有人去跟老師告狀的。」

確實，沒有學生會做出不利於橘同學的行為。就算在戀愛方面只是個初學者，但她本來就是個會讓旁人不敢說三道四的女孩子。

我再次端詳著橘同學的側臉。她有著纖細的秀髮、薄薄的眼皮、細長的眉毛，高挺的鼻子以及白皙的臉蛋。原來如此，也難怪牧會把橘同學比喻成法拉利，她確實很特別。

因為缺乏現實感，一直盯著她看會讓人有點靜不下心來。

看著早坂同學會讓我感到安心。

橘同學則是會讓我心跳加速。

就類似這種感覺。

當我還盯著橘同學的側臉看時，她突然靠了上來。

「橘同學？」

「肩枕。」

橘同學嬌小的腦袋倚靠著我的左肩，她那纖細身體的觸感從我左側傳了過來。

「社長的表情恢復了點精神。」

「不，這個——」

大概從橘同學說要進行社團活動時開始，我的內心某處就一直抱持著這種期待。而因為現在肩膀被橘同學枕著，使我湧起了想順勢抱住她，跟她接吻的衝動，就像之前跟早坂同學做的一樣。

沒錯。

最無可救藥的是，我為了填補早坂同學跑去參加室內足球的寂寞，竟然想讓第一順位的橘同學來當早坂同學的替代品，實在是很過分。

我輕輕地拍了拍自己的臉頰。

「社長，怎麼了？」

「沒事，只是想到了很狡猾的事。」

「什麼意思？」

「不能說，因為跟橘同學有關。」

「這樣啊。」

橘同學過了一會兒之後開了口：

「我無所謂就是了。」

她那玻璃珠般的雙眼直視著我。

簡直就像是完全看透了我那狡猾的想法一般。

我想抱住橘同學來當作早坂同學的替代品。

——我就算這樣也無所謂。

會覺得她像是在這麼說，是我太過自私的妄想嗎？

電車發出規律的聲響行駛著。

橘同學再度說了一次：

「如果是社長，我完全無所謂。」

◇

穿著便服避人耳目地進入學校讓我覺得有點刺激。

走進社團教室之後，我因為覺得有趣而笑了出來。

橘同學也一邊用手帕擦拭著頸部的汗水，一邊「呵呵」笑著似乎很開心。

「口渴了呢。」

「等我一下。」

我從冰箱裡拿出麥茶。倒進杯裡遞給橘同學時，我刻意觸碰了她的手指。但她沒有露出厭惡的表情，就這麼接過了杯子。

「書我放在這裡。」

橘同學將從車站大樓買來的小說放上書櫃。

接著我們各自默默地讀起之前沒看完的小說。

比起看小說，我的注意力都集中在對面身穿便服的橘同學身上。

短褲跟短袖襯衫的長度都比制服來得短，她那白皙的肌膚也比平時露出了更多。橘同學夏天假日的這副打扮，可說是非常貴重的光景。

「她現在應該在跟喜歡的人一起運動吧。」

或許是注意到了我的視線，橘同學放下書本這麼說：

「要是早坂同學能有所進展就好了。」

「確實呢。」

「踢室內足球身體會互相碰撞吧。」

「是啊。」

「早坂同學大概會很心動吧。」

「大概吧。」

「社長，你在發抖喔。」

「是這個房間的冷氣開太強了……」

「如果支持早坂同學的話，不如把這個告訴她怎麼樣？」

橘同學手上拿著《戀愛筆記》的小冊子。

在總共十三本的《戀愛筆記》之中，第十三本堪稱是禁書。

裡面收錄著由作者構思的許多遊戲。

「不，那只是妄想的產物。」

雖然裡面介紹了許多目的是讓男女感情升溫的遊戲，但作者那想藉此耍帥跟女孩子卿卿我我的願望在其中表露無遺。

恐怕是作者在進行戀愛研究的途中，產生了想先把到女孩子的想法，最後的筆記才失控了吧。

「都是些在聯誼心懷不軌的男人才會玩的遊戲。」

「不過，的確是男生會想跟女孩子做的事吧？」

正是如此。

「那麼如果早坂同學這麼做了，那位學長也會感到高興吧？」

「誰知道呢，有沒有效都值得懷疑。」

「那麼就來嘗試看看吧。」

「嘗試？」

「我跟社長兩個人來做實驗。」

她翻開的那頁面上，介紹著名為〈耳邊推理〉的遊戲。

好想試試看。

想跟橘同學試試看這個被推理社學長姊們封印的禁忌男女遊戲。

但橘同學已經有男友了，而且我雖然認同備胎情侶交往，卻依然在意社會上的常識，無法簡單開口說要嘗試。所以說——

「今天先回去吧，已經很晚了。」

「現在才三點喔。」

外面萬里無雲十分晴朗，蟬也忙碌地叫個不停。

「不過也是，我先回去了。看來我似乎提出了很麻煩的要求呢。」

橘同學皺著眉，闔上了《戀愛筆記》。

「也不算是麻煩啦……」

「社長露出了為難的表情。」

應該是我的關係吧，她這麼說著。

「我不會再拜託你了。」

她一臉失落地開始準備回家。

這簡直就像是我傷害了她一樣，胸口一陣刺痛。雖然這個情境似曾相識，不過這也沒辦法。

我用雙手拍打自己的臉頰調整心情。

「嘿等等！」

我走到橘同學的身邊坐下，緊接著在她耳邊小聲地說：

「《福爾摩斯探案全集》。」

聽完這個書名，接著輪到她湊近我耳邊低語著：

「亞瑟．柯南．道爾。」

聽見橘同學的低語聲，一股快感竄上了我的背脊。她的聲音非常悅耳。

「社長很有幹勁嘛。」

橘同學跟我拉開距離，露出笑容這麼說著。

「那麼，來試吧。」

「嗯，試試看吧。」

〈耳邊推理〉。

我們開始嘗試這個遊戲。

◇

所謂的〈耳邊推理〉，是由一個人先說出推理小說的書名，接著由另一個人回答作者名字的問答遊戲。

跟一般問答遊戲不同的地方，在於進行時出題者跟答題者必須在對方耳邊輕聲細語。

旁邊還加上了這個遊戲好不好玩，會依照遊玩者的感性而有所不同的註解。不過，很容易就能猜到構思這個遊戲的作者想法。

「用這個姿勢就行了嗎？」

「我覺得沒問題。」

我們一起坐上位於房間角落的沙發，轉過身體面對面。接著臉頰互相靠近，呈現嘴唇接近對方耳邊的姿勢。

橘同學撩起頭髮露出耳朵，在靠近時我聞到了一股香氣。

「輪流出題就行了吧。」

「那就由社長先來。」

遊戲開始了，首先由我說出書名。

「《一個都不留》。」

「阿嘉莎．克莉絲蒂。」

橘同學做出回答，並繼續出題。

「《腦髓地獄》。」

「夢野久作。」

我們輪流講出書名，並一一回答作者名字。

在夏天的密室裡，我們如同節拍器般創造出了固定的節奏。

橘同學從耳邊傳來的低語聲聽起來非常舒服，讓我有種恍惚感。

感覺她也是刻意用這種方式說話的。

「《怪盜紳士 亞森．羅蘋》。」

「莫里斯．盧布朗。」

「《惡魔前來吹笛》。」

「橫溝正史。」

每當橘同學的氣息拂過耳邊，我的背脊就會竄起一陣快感。而我也莫名地產生了想挑逗她的念頭，刻意壓低聲音，用在她耳邊吐氣般的方式說話。

「《提線木偶陷阱》。」

「赤川次郎。」

「《虛幻羊群的宴會》。」

「米澤穗信。」

這不是問答，而是互相在對方耳邊吹氣的遊戲。

橘同學的氣息滑過耳邊，是宛如在撫摸鼓膜的輕聲細語。語氣時高時低，時強時弱。

我的肩膀不時顫抖著，橘同學也是一樣。遊戲以一定的節奏持續著，說出的話語沒有意義。我的腦袋完全無法思考，變得一片空白。

只看得見橘同學的耳朵，只聽得見橘同學的聲音，只能思考橘同學的事。

我敢肯定，《戀愛筆記》的作者智商毫無疑問地有一八〇。

「《愛的成人式》。」

「乾胡桃。」

「《告白》。」

「湊佳苗。」

我們不知不覺地緊靠在一起。原本我們的膝蓋是貼在一起的，但橘同學的膝蓋現在卻在我的雙

腿之間，姿勢已經幾乎能算是擁抱了。

理性正逐漸崩塌。

從剛才開始，每當我壓低聲音說出答案，橘同學都會全身顫抖並且發出「啊」的甜膩聲音，呼吸也變得急促。這使我感到興奮，並不斷反覆這麼做。我想讓她更有感覺。

「《平行世界的愛情故事》。」

「東野圭吾。」

「《百瀨，看我一眼》。」

「中田永一。」

橘同學那柔嫩的長髮，雪白的頸項，身上的香氣以及呼吸。

在房間裡跟橘同學兩人獨處，互相說著悄悄話。每當我在她耳邊吹氣，她都會渾身顫抖。

沒錯，我想讓她纖細的身體反應得更加激烈，想讓她掙扎、融化。於此同時，我也渴望她在我耳邊吹氣，渴望她感受著我，渴望她讓我崩壞。

「《破碎的瞬間》。」

「竹宮悠由子。」

就在這個時候。

「啥？」我忍不住發出了奇怪的叫聲。

「怎麼了？」

「不是、剛剛、舌頭——」

我感覺到耳朵被舌頭順著輪廓舔過，要說有沒有碰到的話應該是有碰到吧，我確實感受到了某種溫濕的物體，一股令人難以置信的快感竄上了我的背脊。

「是嗎，我可能碰到了吧。」

橘同學十分冷靜，語氣平淡地說著。是嗎，原來也會發生這種事啊。

「繼續下去吧。」

「……說得也是。」

我們繼續回到互相在耳邊吹氣的作業中。

但我在不知不覺間變得只能防守，這是因為橘同學的舌頭不時會碰到我的緣故。

或許是因為她也不太習慣吧。每當她這麼做，我都會因為快感而縮起脖子。

正當我有點習慣這種刺激的時候。

「嗚喔！」我再次發出了奇怪的叫聲。

「社長，這樣節奏會亂掉的。」

「不，該怎麼說，有種耳朵被咬到的感覺。」

「被咬的話應該會痛吧。」

「是啊，但是不會痛。對了，比較像是狗對主人做的那種，類似輕咬的感覺。」

「是嗎，那或許是我碰到了呢。」

「……那就、沒辦法……了呢！」

在說話的時候，我的耳朵依然被舌頭觸碰著，但就隨她去吧。

遊戲重新開始之後，我的耳朵仍舊斷斷續續地被舌頭觸碰或輕咬，每到那時候我都會扭動身體。

我的意識逐漸變得模糊。

「社長在坐電車的時候明明臉色蒼白，現在就好多了呢。你喜歡早坂同學吧？所以當時肯定很失望吧？恢復精神了嗎？」

「不，比起那個——」

不知不覺間，我整個人倒在了沙發上。

橘同學則是依偎著我。

「這麼做實在是……」

「只是在玩遊戲而已，你不願意？」

橘同學是個非常敏銳的人，而且跟冷豔的外表相反，她非常有服務精神。自從知道我喜歡李斯特的《嘆息》之後，她每次去隔壁的音樂教室練習鋼琴時，都一定會彈這首曲子。

橘同學恐怕已經全都知道了。

無論是我因為早坂同學跑去找柳學長而感到失落，還是我想觸摸她來填補心中的空虛，以及我內心狡猾的想法。她是在知曉這一切的情況下這麼做的。

一般而言是不會這麼做的，難道……

她該不會是喜歡我吧？

我這麼想著。好想問個清楚，但最後我卻這麼回答了：

「……並不討厭。」

「那就繼續吧。」

我屈就於橘同學的好意之下，並將一切都歸咎於令人暈眩的夏日暑氣。

「我想維持節奏，接下來全部都由我來出題，社長負責回答。」

「知道了。」

橘同學雙手抓住我的腦袋，非常直接地舔起我的耳朵。這次不光是順著輪廓舔過，還一會兒沿著複雜的內部曲線舔舐，一會兒將舌頭伸進耳窩，還會含上並輕輕咬住耳垂。橘同學嘴裡的聲音更是直接地傳進了我的耳朵裡。

大腦深處逐漸麻痺。

我只能隨波逐流，讓她盡情蹂躪我的耳朵。她偶爾會提出問題，我則會一一作答。

「《阿修羅女孩》。」

「舞城王太郎。」

「《迪斯科偵探星期三》。」

「舞城王太郎。」

橘同學很喜歡舞城王太郎呢。

雖然有這種想法，但我完全聽不進去用來當作藉口的問題，耳裡充滿了橘同學唾液的聲音，以及急促的呼吸聲。這個情況不斷地持續著。

「《校園突擊症候群》。」

「舞城王太郎。」

「《煙、土或食物》。」

「舞城王太郎。」

我已經飛了起來。只能閉上眼睛，用耳朵享受著橘同學舌頭跟嘴唇的觸感，並逐漸融化。

橘同學急促的呼吸，讓我得知她也興奮了起來。

不過橘同學應該要知道我也是個男人，被做了這種事情會感到興奮，變得想跟她做各式各樣的事。正如橘同學見到我掙扎會很開心一樣，我也想對橘同學上下其手，或是好好欺負她。

所以我擠出最後的力量展開反擊。

我抬起頭，將舌頭伸進了橘同學的耳朵裡，接著粗魯地動了起來。

「啊嗚！」

橘同學光是這一下就發出了不成聲的叫聲，全身顫抖倒在我身上。

也就是說她雖然很懂得如何進攻，但卻不擅於防守。

我在她耳邊低聲說出決定性的一句話。

「《喜歡喜歡最喜歡我愛你》。」

橘同學感到訝異似的瞬間抬起頭來。

「啊、咦、社長，你這是……？」

她看起來陷入了混亂。

跟成熟的外表相反，她的內心還是個戀愛初學者。

這並不是在告白，只是在出題而已。接著我也將那部作品的副書名說了出來。

「《Love Love Love You I Love You!》」

這時橘同學才終於發現我是在出題目，滿臉通紅地做出回答：

「舞城——」

她雖然想起身，卻因為使不上力氣，很快又倒了下去。

「王太郎！」

橘同學渾身無力。

至此我們回過神來，結束了這場遊戲。

恢復冷靜之後，我們一語不發地做著回家的準備。

我們到底做了什麼啊，那大概是白日夢吧。

「總覺得我好像知道《戀愛筆記》的小冊子為什麼會被列為禁書了。」

「是啊，或許不該那麼輕易嘗試的。」

橘同學也恢復了以往的狀態，就像是什麼都沒發生過一樣。

不過我的耳朵還留著她的觸感。

「更何況——」

既然到了這一步，我也有必須說出來的事。

「這不是該跟有男友的女孩子做的事。」

我終於主動提到了她男友的存在。

但是，她的回答卻超出了我的預料。

「為什麼？」

「咦？」

「為什麼有男友就不能做呢？」

因為她反問得太過乾脆，反而讓我不知所措了起來。

「不，這種事情是不可能得到同意，也不會被允許的吧。」

「不同意的是誰？又是誰不允許呢？」

「像是大眾，之類的。」

「大眾指的是誰？」

照這個情況看來，要是我指名道姓，她應該就會直接去質問那個人吧。

「我跟社長，需要得到誰的同意或允許嗎？」

「是不需要啦。」

我一邊這麼說，一邊想了個正經的回答：

「這樣很對不起橘同學的男朋友吧。」

「他不是我男朋友。」

橘同學立刻回答。

聽見她這麼說，我暗自有了期待。期待著「其實我們沒在交往」這個最棒的答案。

不過，現實是殘酷的。

「是訂婚對象。」

橘同學這麼說了出來。對方不是男友而是訂婚對象，也就是未婚夫。

她似乎高中畢業後就要結婚了。

第3.5話　橘光里

當橘光里躺在床上玩平板時，母親敲門走進了房間。

「妳在做什麼？」

「挑涼鞋。」

光里的平板上顯示的，是一間大型時尚品牌的通販網站。

「之前不是才買過嗎？」

「想要一雙鞋底稍微低一點的。」

「真稀奇呢。明明平時都只穿厚底鞋的，是想要變矮了嗎。」

「有點原因。」

「想買就買吧，反正妳也不怎麼浪費。」

「不，其實有。」

光里有些尷尬地搔了搔頭，將平板給母親看。畫面上顯示著電子書的購買履歷，其中包含了好幾套少女漫畫。

「我還以為光里妳對這種東西不感興趣呢。」

「最近開始有興趣了。」

「感覺比同齡的孩子慢了不少呢。」

光里的母親說完開心地笑了出來。

「沒關係啦。託小俊父母的福，公司發展得很順利，不必在意錢的事。畢竟妳還是個孩子，多撒一點嬌也無所謂喔。」

「媽，我已經不是小孩子了。」

光里這麼說著。

「包含喜歡之類的心情在內，我已經變得能看出他人的心意了。」

「是是，是從少女漫畫看來的吧。」

光里的母親這麼說。

「妳跟小俊進展得還順利嗎？」

「我會回覆他傳過來的簡訊，一個月也會跟他吃一頓飯。」

「比起這個——」光里皺起眉頭，露出不悅的表情說著。

「學校那個俊的親戚，實在很煩人。」

「為什麼這麼說？」

「總是擺出一副男友的模樣，大家都以為他是我的男朋友。」

「那是為了不讓奇怪的傢伙接近妳喔。」

「我不需要這種幫助。」

「但還是要好好對待人家，因為他是小俊的親戚啊。」

「我知道啦。」

「之後要跟小俊的父母一起吃飯，妳也要一起出席喔。」

「我社團活動很忙。」

「要記得喔。」

光里的母親這麼說完就離開了房間。

同時，光里的手機震動了起來，是俊每天固定會傳過來的簡訊。

光里看都沒看就把手機扔到一旁。

接著一邊躺上床，一邊拿起放在床頭櫃上的收據。

這是桐島在車站大樓的咖啡廳請客時留下的。因為他說自己不需要，自己便收下了這張收據，上面還印著當天的日期。

「紅茶的部分好礙眼呢。」

接著光里將臉埋進了枕頭裡。

「社長。」

她輕輕地開了口，不斷踢著雙腿，接著再次自言自語了起來。

「社長、社長、社長、社長、社長、社長、社長、社長、社長、社長、社長——」

過了一會之後，光里抬起頭來。

「快喘不過氣來了。」

第4話　沒有署名的信

在推理社附近的走廊是個眾所皆知的告白聖地。

這天我也隨意地躺在沙發上，讓自己隱藏起來。

敞開的窗外傳來了一對男女的說話聲。

「抱歉突然叫妳出來，給妳添麻煩了嗎？」

男生是籃球社的三年級生，是個帥氣又顯眼的學長。

「是、是不會麻煩啦。」

說話戰戰兢兢的則是早坂同學。

光就我所知，她已經是第四次在這座走廊被人告白了。

「請妳別緊張。是說，該緊張的人應該是我才對。那個，妳知道現在是什麼情況嗎？」

「大概……知道。」

「莫非妳常遇到這種事？」

「偶爾會遇到。」

「是嗎，說得也是。」

看來他似乎透過氣氛察覺了這次告白不會成功。但事到如今，也只能硬著頭皮上了。

「我一直都很喜歡妳。雖然有點突然，不過可以請妳跟我交往嗎？」

過了一陣子，早坂同學才說了句「對不起」。

「難不成妳已經有男朋友了？」

短暫的停頓之後，早坂同學小聲地回答：

「…………沒有。」

沒錯，這樣就行了。不能說自己有男友。

萬一要是不小心讓柳學長知道就麻煩了。

「我有其他喜歡的人了，所以……對不起。」

隨後傳來了其中一人跑離現場的腳步聲。

「結束了？」

躺在對面沙發上的牧這麼問。

當我在午休跟這傢伙一起吃便當的時候，撞見了這場告白。

「還是先別起身比較好。」

除了跑離現場的早坂同學之外，還有一個人留了下來。

失戀的學生都會在走廊上消沉好一陣子。有一次我曾經因為太早起身而跟對方對上了眼，讓狀況變得十分尷尬。

「長得可愛的女生也很多麻煩事呢。」

牧這麼說著。

「早坂那傢伙最近似乎很辛苦呢。」

「小三木跟你說了什麼嗎？」

「是啊。」

這個男人不僅是這所學校的學生會長，還正在跟老師交往。

對象是擔任英文老師的小三木。是一位大學畢業兩年，個性溫和的女性。雖然牧不太會談論這件事，但從他對其他女孩子毫無興趣的樣子來看，他們應該進展得很順利，或是小三木很能容忍牧的任性吧。

小三木是個很好親近的老師，所以經常會有女學生去找她商量事情。

這次輪到早坂同學了。

「最近她遇到了像是體育服消失不見，或是收到詭異的情書之類的事。」

「詭異的情書？」

似乎被放在她的鞋櫃裡。

「據說上面沒有署名，也不知道寫信的人是誰。就算這樣，隔天甚至還收到了催促她回應的信喔。」

那還真有點恐怖。

「而且還發生了跟我們同校的男生跟蹤到她家附近的事。」

「早坂同學不要緊吧？」

她沒告訴我發生了這種事。

「不過，她似乎不怎麼在意這件事就是了。」

牧這麼說。

「像那些可愛的女孩子，遇到這種事情時好像只會產生『又來了嗎』的想法喔。畢竟像是直笛不見這一類事情，她們大概小時候都已經遇過了。」

「是這樣嗎。」

「早坂是個膽小又拘謹的人對吧？因為看起來很逆來順受，應該過得很辛苦吧。像是會被奇怪的男人示好，或是被別的女生嫉妒之類的。」

「的確有這種感覺。」

我邊說邊坐了起來。

想著這下走廊上應該沒有人了吧，但是——

當我往窗外一看，立刻跟對方對上了眼。

令人意外的是，留下來的人是早坂同學。

發現我之後，她比手畫腳地向我示意著。

『我現在可以去你那邊嗎？』

她應該是覺得只有我在吧。

接著她像是想惡作劇似的，用手在胸前擺出了心型符號，這是個非常嚴重的錯誤。

「咦，這是怎麼回事？」

晚了一會兒坐起身的牧來回看著我跟早坂同學這麼說。

「感覺你們的氣氛不像普通朋友耶。是說，這不是我認識的早坂會做的事，剛剛那完全是女人的表情了吧？嗚哇，好像有點厲害，顛覆我的印象了。」

早坂同學默默地用雙手摀住臉頰。

『剛剛的全部不算。』

我彷彿聽見了這個聲音。

◇

「真是對不起。」

早坂同學依然雙手摀著臉這麼說。她在那之後進入了社團教室，走到我對面坐下，但至今仍不肯露出臉來。

「被牧同學看到，桐島同學也很害羞吧。」

「只有一點點。」

牧在說完「之後我可要詳細問個清楚喔」之後，就帶著奸笑迅速離開了社團教室。

「我只是想讓桐島同學害羞而已，對不起。」

「放心吧，我不在意。」

「真的嗎？」

早坂同學張開手指窺探著我的表情。

「你不生氣嗎？」

「怎麼可能生氣呢。」

聽我這麼說，早坂同學終於將手放了下來。

「牧同學會不會告訴其他人呢？」

「我想應該不會，畢竟他在這方面口風還滿緊的。」

她好像恢復了冷靜，開始好奇地打量起房間。

「這裡就是推理社的教室啊，感覺很舒適呢。」

「因為原本是會客室啊。」

「跟橘同學進展得順利嗎？」

「不太好。」

「抱歉，我是明知故問的。桐島同學還會看社群網站對吧。」

「那已經是我每天的慣例了。」

「這樣對心理健康絕對很不好啦。」

「沒事的，我已經有耐性了。要是每天不咬牙切齒地看一下社群網站就會覺得不太舒服，無論是明天還是後天，我都想繼續感受這份悔恨。」

「你好像是認真的呢。」

早坂同學無奈地笑了笑。

「那麼，你應該知道了吧。」

「如果指的是橘同學正在跟男朋友一起念書這件事的話。」

這幾天橘同學都跟男朋友一起在圖書館準備考試科目。

她的男友頻繁地將照片傳到社群網站上。其中包括橘同學專心寫著筆記，或是閱讀課本的側臉。順帶一提，考試當週推理社停止活動。

「我一直以為教她念書的人會是桐島同學，畢竟桐島同學的成績比較好嘛。」

「再怎麼說也不可能贏得過她跟男友的羈絆吧。」

另外他其實不是男朋友。

而是婚約對象。

在高中畢業的同時結婚，這狀況太過超脫常理，令人無可奈何。

「桐島同學，你現在明顯很沮喪吧。」

「抱歉，跟妳在一起還這樣。」

「不會，我想你大概很失落，所以才會來安慰你的。就算橘同學不在，你也還有我啊。還是說我不行呢？」

「怎麼可能不行，我非常喜歡早坂同學。」

聽我這麼說，早坂同學慢慢地站了起來，從沙發對面走到我身邊。接著豎起食指，表情充滿期待地開了口：

「桐島同學，剛剛的話再說一遍。」

「……我非常喜歡早坂同學。」

下個瞬間，早坂同學抱住我的手臂，並用盡全力將身體貼了上來。

不僅是上半身，連腳都靠了過來。這使我的視線不由自主地飄到了她的短裙上。

「早坂同學，這是什麼意思呢？」

「我想鼓勵桐島同學。見到橘同學跟男友感情良好的模樣，讓你很難受吧？」

「這裡是學校耶。」

「我啊，好像很喜歡跟桐島同學互相觸碰的感覺。會讓我想起你來探病的時候我們一起躺在床上的事。」

「妳還記得我們當時制定了不做激烈行為的規則嗎？」

「我覺得自己的身體還挺有料的，畢竟男生們經常用那種眼光來看我。就連剛剛跟我告白的人，也是一直盯著我的胸部看。」

「早坂同學，妳有在聽我說嗎？」

但是她卻不肯住手。

「所以我想用自己的身體來取悅桐島同學，讓你打起精神。」

「早坂同學，雖然妳可能沒有發現，但其實妳講出了不得了的話喔！」

「雖然我不喜歡被其他男生用這種眼光看待，但如果對象是桐島同學的話，我會很開心的。」

大概是注意到了我剛才的視線，早坂同學抓住我的手，並將之引導到她那自裙子裡伸到沙發上的白嫩大腿之間。

「慢著慢著慢著慢著！」

「咦？為什麼？桐島同學不是想摸我嗎？」

「不，再怎麼說這也跳過太多了吧，妳突然間怎麼了啊？」

我這麼說完，早坂同學先是像小孩子般露出不解的神情，偏著頭說了句「跳過太多？」，過沒多久又補了一句「是嗎，說得也是呢」並點了點頭。

「首先得從這個開始對吧，我也很喜歡這麼做喔。」

早坂同學說完後就閉上眼睛，接著抬起下巴轉向我。

完全就是在索吻。

她究竟是怎麼了啊，光是聽見我說了「喜歡」就這麼失控。

是有什麼理由嗎……話說又回來，真的是喔——

「早坂同學，妳完全沒在反省剛才的事吧。」

我指向窗戶。

要是沒拉上窗簾，走廊就能完全看到整個房間。

然後現在牧正在走廊上，朝我們的方向揮著手。

於是早坂同學非常安靜地再次摀住了臉。

◇

「我在學校不會再做這種事了，畢竟要是被橘同學看到會很慘嘛。我不想做出會讓桐島同學感到困擾的事，是真的喔。」

這次早坂同學終於恢復了冷靜，而牧也真的離開了。

我請早坂同學坐在沙發上。雖然不知道紅茶派的她會不會喝，但我還是泡了杯滴濾式咖啡給她。因為這間教室基本上只有我跟橘同學在用，所以只有咖啡。

「妳突然間怎麼了啊，為什麼要做那種事？」

聽我這麼說，早坂同學有些尷尬地別開視線說道：

「……因為最近有種桐島同學在刻意避開我的感覺。」

「我沒這個打算就是了。」

「因為明明推理社活動暫停，平時卻完全見不到面。」

「抱歉，我忙著準備考試……」

「說、說得也是。畢竟是考試週嘛，得好好念書才行呢。」

「是我誤會了呢。」早坂同學紅著臉這麼說：

「因為一直很不安，所以在聽到你說喜歡之後就變得很開心，才會導致情緒失控吧。對不起，我這麼麻煩。」

就像是要轉移話題似的，早坂同學從我放在咖啡桌上的鉛筆盒裡拿出一枝鉛筆摸了起來。

「我可以問個一直很在意的事嗎？」

「請說。」

「桐島同學為什麼要用鉛筆呢？」

「大概是從小學開始養成的習慣吧，沒什麼特別意義。」

我每天都會帶著十二枝削尖的鉛筆來學校上課。

「我很喜歡桐島同學的鉛筆喔。」

「那就送妳兩枝吧。」

「真的嗎？謝謝你。」

早坂同學雙手拿著我的鉛筆露出微笑。那是個如果當成廣告播出，感覺能讓鉛筆銷量增加兩成左右的可愛笑容。

接下來早坂同學也繼續向我提出了許多問題。

像是眼鏡在哪買的？

或是「就算到了夏季，桐島同學也一定會繫領帶呢，這是為什麼？」之類的疑問。

「真搞不懂男生的想法，有好多地方令人在意喔。」

「直接去問就好了。」

如果問的人是早坂同學，大家肯定都很樂意回答的。

「可是我不擅長跟桐島同學以外的人講話，畢竟找不到開口的時機。就算跟大家在一起，最後也只能一味地點頭附和。」

這我知道。早坂同學雖然跟大家打成了一片，但因為她非常笨拙，再加上長得漂亮，以至於有點格格不入。

「我也不可能隨便跟人搭話，不然別人會嘲笑我『是不是喜歡那個男生』，而且……」

「要是引起誤會的話會變得很麻煩？」

早坂同學有些難以啟齒地說了句「偶爾會啦」，無精打采地笑了一下。

「最近妳有因為這種事感到困擾嗎？」

「沒事的。雖然剛剛也有人向我告白，不過我已經習慣了。」

「是嗎。那麼像是體育服失蹤，鞋櫃裡出現了沒有署名的情書，被男人跟蹤到家裡附近的事都是假的嘍。」

「咦？」

早坂同學吃驚得暫時愣了一會。

「……桐島同學知道了嗎？」

「抱歉，稍微有聽說。」

「別擔心。雖然的確有點不安，但最近沒再收到情書了。放學時也會跟朋友一起回家，所以已經沒事了。」

「這種事經常發生嗎？」

「上高中之後就比較少了，是不是該說自己有男友比較好呢？這麼一來既不會遇到奇怪的事，或許連告白的人都會變少。」

剛講完這句話，早坂同學連忙搖了搖手說「不是這樣」。

「這並不代表我想公開自己跟桐島同學的關係喔。畢竟要是做了這種事，桐島同學會變得很難接近橘同學嘛。」

「早坂同學也還是保持單身比較好。雖然對象是其他學校的學生，但也不確定他跟誰有交集。」

「是啊，說得也是呢。」

早坂同學說著「那我差不多該回教室了」並站了起來。

「吶，桐島同學。」

「什麼事？」

「我是桐島同學的女朋友對吧？」

「這用不著再做一次確認吧？」

早坂同學聽完一臉滿足地「嘻嘻」笑出來後，便走出了社團教室。

她離開之後，我搔了搔頭。

也難怪早坂同學擔心我可能刻意躲著她。目前推理社在段考前暫停活動，其實有更多時間可以共處。

說忙著準備考試其實是騙人的。

我從口袋裡拿出了幾張信紙。

早坂同學是這麼說的。

『最近已經沒再收到情書了。』

那是當然的，因為這幾天我都避開早坂同學的目光悄悄將它們回收了。

「別擔心」早坂同學這麼說。

就算在小三木——也就是三木老師的面前，她也沒有表現出鑽牛角尖的模樣，牧是這麼說的。

不過那只是因為對周遭的人有所顧慮而逞強忍耐罷了。

為了不給人添麻煩，就算真的很害怕，她也會全部藏在心裡。

早坂同學就是個這樣的女孩子。明明很弱小，卻總是在勉強自己。

所以我才會想解決掉那個讓她感到害怕的犯人。

◇

「什麼嘛，原來你知道啊。」

牧這麼說著。

在上體育課的時候，我們站在操場的角落聊著天。

「算是吧，畢竟早坂同學的體育服一直都是借來的。」

女生正在網球場上打著網球。

早坂同學身上穿的是放在保健室的舊式體育服。

「沒發現反而才奇怪吧。」

我也撞見了許多次她站在鞋櫃前，表情凝重地拿著信的模樣。

「順帶一提，跟到她家附近的男學生是我。」

「是桐島？為什麼要這麼做？」

「因為我在遠處觀察有沒有人在跟蹤她。」

「你才是那個跟蹤狂吧。」

「果然嗎？」

原本只是想看著她回到家裡，但她突然回頭嚇了我一跳。雖然沒被看到長相，但我也因此被當成了可疑人士。

「那麼，問題就剩下信跟體育服了吧？」

「就是這樣。而且犯人有可能是參加社團活動的學生。」

能把信放進鞋櫃的時間只有放學後而已。

「雖然是考試週，但留下來自主練習的學生可是很多的，畢竟我們學生會也會留在學校。想從中找出犯人應該很困難吧？」

「不，倒也未必。」

明天或後天大概就能找到了，我這麼說著。

「是這樣嗎？印象中這種情況都很難找到犯人耶？」

「推理小說只是為了讓讀者感到訝異才會把事件複雜化。」

現實發生的事其實更加單純。

「還真敢說耶。那麼，你已經鎖定犯人嘍？」

「如果這是推理小說，犯人就可能是老師、女生，甚至有可能是我。但那是為了讓讀者感到意外而安排的。」

而這次犯人當然是男學生。

「桐島你還真的有在看推理小說啊。」

「不然你以為我在幹嘛啊。」

「我還以為你只是個把推理當作幌子，一邊聽著從隔壁房間傳來的鋼琴聲，一邊看著心上人男友社群帳號拚命嫉妒的怪人。」

「大致上沒說錯。」

我講出了三個有可能是犯人的人。

第一個是漫畫研究社的山中同學。

上體育課的時候，最專注地望著早坂同學的人就是他，因此可以肯定他對體育服有興趣。他有參加漫畫比賽，一旦專心就會不顧周遭情況。據說他明明很聰明，期中考卻考了零分。

第二個是足球社的市場同學。

他會一邊大聲地說著自己跟其他學校女生出遊的事，一邊側眼偷偷觀察早坂同學的反應。雖然看起來很懂得應付女性，但實際上並非如此。真正會應付女性的人，是像牧那樣會默默跟老師交往的類型。

最後是羽毛球社的野原學長。

他是個高三生，曾經向早坂同學告白兩次又被拒絕。但他至今仍不死心，會跑來我們教室假裝要找學弟妹，依依不捨地看著早坂同學。他很喜歡引人注目，第二次甚至還當著大家的面告白，害早坂同學哭了出來。

他們三個都喜歡早坂同學，但都一樣找不到地方宣洩。而會頻繁做出這種行為正是因為喜歡對方，所以非常難以解決。

「然後呢，你接下來打算怎麼找出犯人？」

「我還有一條線索。」

「是指回收的情書嗎。」

或許能從筆跡分辨也說不定。

「你可以幫我跟小三木借前陣子小考的考卷嗎？」

「沒問題。」

「回答得真隨便，要是被發現可不是開玩笑的喔。」

「無論我提出什麼要求，小三木她都會聽的。」

這個男人乾脆地說出了不得了的話。

「比起這個，桐島，差不多該把你跟早坂的關係告訴我了吧。看你挺關心人家的，照當時的情況看來，早坂好像也很開心不是？」

「這不是能隨便對別人說的事。」

「沒關係吧，只有桐島知道我的祕密也太不公平了。」

「真拿你沒辦法。」

我簡單地向他說明了我跟早坂同學的關係。

「喔、喔喔，還真是不健全耶。」

牧這麼說著，但這可不是跟老師交往的傢伙該說的話。

「跟第二順位的對象交往來當作備案嗎？」

「這可是非常新穎的做法。」

「雖然理想是這樣，但事情真的會這麼順利嗎？」

牧對於失戀機率百分之二十五的法則抱持懷疑態度。

「至少你漏掉了一個重要的東西。」

「像是什麼？」

「就是第二順位升格成第一順位的可能性啊。」

換句話說，就是前提條件產生了變化。

「要是早坂或桐島你們其中之一把對方升級成第一順位的話，事情就會變得很棘手了。」

牧像是在預言似的開了口。

「希望別變成那樣就好嘍。」

◇

我面對著堆積如山的考卷。

這是放學後在社團教室發生的事，而且非常令人傷腦筋。

雖然想互相對照情書跟考卷上的筆跡，但寫在考卷上的文字幾乎都是英文字母。

因為小三木是英文老師，所以這也是理所當然的。

雖然姓名跟譯文是用日文，但要用來判斷筆跡，文字的數量也太少了。更何況這裡只有二年級生的答案卷，因此一年級跟三年級就不在守備範圍內了。

明明只要稍微動腦就能想到，這完全是我的疏忽。

真讓人受不了。

我嘆了口氣，將從鞋櫃裡回收的兩封情書放在桌上打量著。

其中一封的內容是在稱讚早坂同學的長相，而另一封則是催促她給出回應。

明明沒有署名卻要求回覆，的確會讓人感到害怕。

在早坂同學交給小三木的情書中，似乎包含了希望她穿上體育服的內容。這已經不能稱作情書了。

我注視著手上的信紙，接著察覺了一件事。

字跡非常工整。

既然是寫給女孩子的信，會這樣也是理所當然的，也就是說和平常的字跡有所區別。

聽說就連專家想鑑定筆跡也不容易，那麼像我這種連上美術課都沒什麼觀察力的人更不可能辦得到。

現實中發生的事件其實很單純。

我回想起自己對牧說過的話，突然開始覺得丟臉了起來。

畢竟誇下了海口，就只能尋找有沒有其他線索了。但我並不是個機靈的人，既然之前決定要用鑑定筆跡的方式來解決事件，要再靈活地轉換做法十分困難。

還有個做法是對鎖定的三個人一個一個依序指稱為犯人，引誘他們招認。但要是沒有證據，只會被他們裝傻帶過。

牧叫我在傍晚前歸還考卷。

時間正一分一秒地過去。

算了，沒頭緒的話也沒辦法，還是先暫時放棄回家睡覺吧。

就在我抱著這種想法，打算把考卷裝回信封還回去的時候。

——突然間靈機一動。

我緩緩地起身離開社團教室，接著下樓梯前往一樓。

來到位於舊校舍，跟推理社教室成對角線的教室前，接著打開門走了進去。

有個男學生正面對著桌子。

我走到那位男學生的後方，將手放在他的肩膀上。

「能把早坂同學的體育服還給她嗎？」

他轉過身來，稍微思考一段時間後開了口：

「你怎麼知道是我做的？」

「因為你期中考拿了零分。」

明明腦袋很聰明。

「為什麼會考那種分數？」

「因為忘了寫名字。」

男學生語氣平淡地說。

我將那兩封情書放到桌上。

「這樣不行喔，重要的東西得好好寫上名字才行。」

◇

早坂同學正在打網球。

即使連球拍都握不穩，但她依然笨拙地一一回擊了對手打過來的球。

雖然正用手擦著汗，表情卻非常開朗。她身上的體育服是自己的那件，看來衣服好好地回到她手上了。

犯人是漫研社的山中同學。

因為他有些粗心，所以考卷跟情書都忘了寫上名字。

不過正確來說，那封信並不是情書——

我前往漫研教室的那天，山中同學的桌上放著一台平板。畫面上是一名長相跟早坂同學非常相似的角色穿著體育服的場景，並且才畫到一半。

「是想拿來觀察嗎？」

聽我這麼問，山中同學點了點頭。

「因為無論如何都畫不好，才希望她能當我的模特兒。」

「所以你就寫信放進鞋櫃，但因為沒得到回覆，才借走了體育服。」

「沒經過同意就是了，真的很對不起她。」

似乎是因為漫畫比賽的截止日快到了。

「我想盡可能地提升作品水準，但只有體育服果然還是不行，於是我又寫了信，希望能近距離觀察她本人穿上去的模樣。」

但因為忘了寫名字，還是沒有得到回應。

「我覺得必須把體育服還回去，不過就在我準備離開學校的時候，桐島同學卻出現在我身後了。」

據說是找不到機會跟早坂同學兩人獨處，那還真是做了件對不起他的事。

「話說回來，山中同學應該更直接地寫出自己想請她當模特兒的想法才對。光是顧著稱讚人家的外貌，會被誤會成詭異的情書也沒辦法。」

此時山中同學沉默了下來。

「難不成你喜歡早坂同學？」

「如果不是這樣，我也不會拿她當自己漫畫的主角了。」

的確是這樣沒錯。

「但這並不代表我想跟她成為情侶。不，或許我心裡正是想著，要是她答應當我的模特兒，就要向她告白也說不定。」

「不過，我已經沒這個打算了」山中同學這麼說著。

「因為有桐島同學在。」

「我不是早坂同學的任何對象。」

「是這樣嗎？」

據說山中同學為了畫出好漫畫，一直都在觀察他人。

「早坂同學的目光一直都追著桐島同學跑喔。而你也為了她做出這種事，再怎麼看，都無庸置疑地是兩情相悅呢。」

「早坂同學有其他喜歡的人在。」

「我知道。」

山中同學跟早坂同學就讀同一所國中。當時早坂同學在跟朋友討論心上人的事情，他似乎剛好聽見了。

「說是就讀其他國中，比我們高一屆的帥氣學長。他跟桐島同學同校，你應該認識吧。」

「是柳學長，她現在也依然喜歡著他。」

「可是，她對那個人的感情真的是愛情嗎？」

因為山中同學說了句出乎意料的話，我忍不住「咦」了一聲反問。

他操作著平板，將畫到一半的漫畫拿給我看。

「我平時就一直在觀察人的眼睛，畢竟眼神裡寄宿著感情嘛。就算畫同一個角色，也會根據場景和交談對象改變眼睛的畫法。」

「真是個藝術家耶。」

「是漫畫家啦。」

山中同學畫的是擔任主角的女孩子，跟兩個男生發生三角關係的故事。女孩的原型是早坂同學。

「其中一個男生是主角憧憬的學長，另一個則是態度冷淡的同學。」

「是少女漫畫啊。」

「受到姊姊影響，我從小就很喜歡。」

我也因為妹妹的影響而很常看。

「身為主角的女孩子最後會選擇同學而不是學長，你覺得是為什麼？」

「以少女漫畫來說，比起溫柔的學長，還是態度尖銳的同學比較強勢。」

「你還真了解呢。」

不過山中同學將故事最後設計成這樣的理由似乎不同。

「憧憬跟喜歡的心情是完全不同的，因為很相像所以經常會在不知不覺中搞混。不過，這時只要用心觀察就好。正面的感情非常多樣，像是憧憬、想要呵護，以及可愛等等。可是，純粹的喜歡是十分特別的，跟其他任何感情都不一樣。」

「你看待感情的方式還真細膩。」

「或許是吧。所以我才會這麼想，早坂同學對那位學長的感情只是單純的憧憬，總有一天她本人也會發現那跟喜歡是不同的。正因為抱持著這種想法，我的內心才沒有真正地放棄早坂同學。可是最近，我從早坂同學追逐某個人物的眼神中，發現了真正的『喜歡』。」

「那個人是誰呢？」

「還在裝傻啊。」

「不過算了，因為我已經完全放棄了。」山中同學低著頭這麼說。

「要我幫你把體育服還給她嗎？」

「不必了。雖然有點害羞，但我會自己直接跟她道歉還給她的。」

「別把我的事講出來喔。」

「知道了。」山中同學點了點頭。

「話說回來，你有觀察過我的眼睛嗎？」

「你是想知道自己到底喜歡誰吧。」

「畢竟依照山中同學的說法，感情這種東西有時候似乎連自己也搞不清楚。」

「不告訴你。」山中同學露出了令人感到親近的笑容。

「這是一個默默失戀的男人的小小抵抗，桐島同學還是繼續煩惱比較好。」

「這樣啊。」

「我說桐島同學，所謂的戀愛真是殘酷呢。我從國中的時候開始就一直很喜歡早坂同學，只要一想到她，我就會什麼都做不了。也會因為無奈，整晚不停地畫著浮現在腦中的早坂同學的身影。但這份感情卻無處可去，在沒有得到任何回報的情況下宣告結束了。」

「我也常常在想得不到回報的戀情怎麼那麼多呢。」

「早坂同學得到了許多人特別的好感。但是，要是她沒能得到那僅此唯一的、自己喜歡的人的青睞的話，那也是一件非常殘酷的事。我希望早坂同學的心意能得到回報，所以我也把這件事情告訴你。」

山中同學這麼說完，便面向桌子繼續畫起漫畫。

他看起來快要哭了，所以我決定離開房間。

「希望你的漫畫能得獎。」

「謝謝。」

◇

放學後的圖書館裡沒有任何人在。

橘同學的男友請假，今天他們沒有開情侶間的圖書會。

我從書架上找到了《土佐日記》的解析書，並在桌上攤開。必須把這幾天落後的進度給補回來才行。於是我開始在課本上寫起助動詞的應用方式，這時有人走了進來。

是早坂同學。

她有些害羞地在我身邊坐下。

「這裡是橘同學的男友平時會坐的地方吧。」

「從社群網站的照片上來看，應該是吧。」

「是偶然嗎？」

「因為他今天帳號沒有更新，所以作為代替，我決定用坐在這裡的方式感受悔恨。橘同學的男友平時就是坐在這裡看著她的側臉嗎，真是可惡。」

「要適可而止喔。」

早坂同學笑著說，感覺她似乎心情很好。

接著在稍微遲疑了一下之後，她將整個身體靠了上來。

「不是說好別在學校做出奇怪的舉動了嗎？」

「全都是桐島同學的錯。」

「我的錯？」

「這麼溫柔實在太狡猾了。」

「他的口風比想像中還要鬆啊。」

「不是，只是我稍微逼問了他一下而已，只是稍微喔。」

早坂同學笑咪咪地說著。她或許讓山中同學留下了恐怖的回憶也說不定。

「早坂同學，從今以後如果遇到了麻煩事，記得要跟我說喔。」

「嗯。不過就算我不說，桐島同學也會來幫我吧？」

她「嘻嘻」地笑了出來，將臉貼在我的胸口上。

「慢著早坂同學，要是讓別人看到了該怎麼辦啊。」

「真令人興奮。」

不行，她的壞孩子開關完全打開了。

「對不起，前陣子問了『我是桐島同學的女朋友對吧？』這種話。這樣很沉重吧。」

「我不那麼認為就是了。」

「我會當個更好的女朋友，不會再說那種沉重的話了。」

「現在已經是個好女友了。」

「才不是呢，畢竟老是讓你擔心嘛。吶，桐島同學，你不必那麼顧慮我，可以更隨心所欲一點喔。當你因為橘同學跟男友打成一片而感到沮喪的時候，把我當成替代品也沒關係喔。」

「做這種事很對不起妳，我不認為自己做得到。」

「沒關係的，畢竟我是桐島同學的女朋友嘛。我想為桐島同學做些你想做的事。為了成為桐島同學所期望的女友，我願意為你做任何事。」

「早坂同學？」

「你看，或許橘同學就是在這個位置上，跟男友抱在一起也說不定喔？」

光是想像這幅光景，胸口就有些刺痛。

「沒問題的，你可以對我這麼做。就算要做出比橘同學男友更進一步的行為也沒關係。雖然我很開心能被人重視，但比起當個碰不到的裝飾品，我更希望你碰我。就算因此受到一點傷害也無所謂，因為對象是桐島同學，我才會有這種想法喔。」

似乎是因為我解決了這次事件，早坂同學的情緒變得十分亢奮。

她的動作跟表情都充滿了「喜歡」的感情，我從來沒被人用如此毫無條件的好感對待，甚至覺得有點算是奇蹟。

「桐島同學、桐島同學、桐島同學、桐島同學、桐島同學、桐島同學——」

不過，再怎麼說她的情緒也升溫得太快了吧。

早坂同學緩緩地抓住了我的手腕。

「我想要桐島同學摸我。」

並打算直接將我的手放到自己的胸部上，我連忙制止了她。

「慢著，早坂同學。」

「你不想摸我嗎？」

「該怎麼說才好，不是這樣，我現在是真的一頭霧水。雖然前陣子也發生了類似的事……」

「我可不是一時興起才做出這種事的喔。」

早坂同學這麼說。

「雖然是備胎，但我想好好地當個女朋友。」

「早坂同學已經是個稱職的女友了。」

「可是正常來說，情侶之間都會做更多事情對吧？」

「話是這麼說沒錯。不過妳仔細想想，我們雖然是正式情侶，但都知道對方是自己的備胎，就像早坂同學也有第一順位的對象一樣。」

「嗯。不過我覺得就算是備胎，如果是桐島同學就無所謂。所以我才希望桐島同學摸我，才想跟你更進一步。」

不知不覺間，早坂同學解開了襯衫的第二顆鈕釦。

「就算是備胎也沒關係，我想當個名副其實的女朋友。」

「我明白了。但那些暫且不論，這裡是圖書館，到處都是窗戶耶。」

「被看到的話再說吧。」

「到時候就讓他們看個夠。」早坂同學這麼說著。

「要是發生那種事，早坂同學的形象會崩塌，情況會一發不可收拾的。」

「無所謂。對我來說，那些強加印象給我的人一點都不重要，我從一開始就不喜歡他們。男生只是想跟我做那種事，而女生只是想把我當成可愛的裝飾品放在身邊。」

「早坂同學？」

「大家都擅自幫我貼標籤。像是清純和溫柔，什麼意思嘛。不過唯獨桐島同學不同，就只有你不一樣。」

「妳還是稍微冷靜一點比較好。」

「就只有桐島同學看著真正的我，願意重視我、幫助我。所以我才想跟你做更多特別的事。」

「聽我說話，早坂同學。」

「其他人全都消失吧，只要我跟桐島同學還在就行了。」

早坂同學完全打開了奇怪的開關，這是一直壓抑造成的反彈嗎。

不過，早坂同學的言行愈是奇怪，她的表情就愈漂亮。

空洞的瞳孔中寄宿著不健全的魅力。

「桐島同學願意接受、包容最真實的我吧？這就是我喔，我不會讓任何人碰。可是，我希望桐島同學摸我，希望你更進一步」

早坂同學抓住了我的手，並逐漸伸向她的胸口。

我完全被早坂同學的氣勢蓋過，什麼話都說不出來。

「我喜歡你，桐島同學。」

接著在我的手即將碰到早坂同學胸部的前一刻。

「咦？」

我更加大吃一驚，這是因為早坂同學打算讓我的手伸進她襯衫裡的緣故。能從胸口看見蕾絲的布料。

而且她還打算讓我的手伸進蕾絲布跟有著曲線的雪白肌膚縫隙之中。

「早坂同學！」

這已經不是撫摸與否的問題了，她打算更進一步。

「我想把自己獻給桐島同學，絕不會給其他人。但我能把一切都給桐島同學，希望你能收下，你願意接受吧？吶，接受我吧。」

面對這不由分說的魄力，使我理解了一個真理。

要是女孩子認真起來，男性大概是無法做出任何抵抗的。

我的手指就這樣伸進了那個縫隙，碰到了柔軟的物體。

誰快來阻止她啊。當我產生這種想法的時候——

走廊上傳來腳步聲，早坂同學原本空洞的眼神也恢復了光彩。

看來早坂同學在最後關頭恢復了理智，身為好孩子的她並未消失。

我們的身體連忙分開，大門於此同時敞開。伴隨清脆腳步聲走進來的——

「這不是社長嗎？」

是橘同學。

「你們在做什麼？」

她露出不解的表情來回看著我跟早坂同學，接著偏過頭去。

早坂同學對此立刻有了反應。

「只、只是在請他教我功課而已！」

雖然舉止詭異到令人訝異，不過早坂同學完全恢復到平常的模樣了。

「我覺得橘同學也可以跟桐島同學請教喔！因為他教得很好！」

丟下這句話之後，她慌張地扣上襯衫的鈕釦，並打算離開圖書館。

臨走之前，早坂同學像是在說『剛剛真對不起』似的在橘同學背後雙手合十，接著露出有些困擾的表情豎起兩根手指。

『我當備胎女友也沒關係。』

留下了這個訊息。

如同暴風雨般的時光就此結束，只留下我跟橘同學。

「橘同學是來做什麼的呢？」我這麼問。

「念書。」

橘同學一臉平淡地回答著。

然後若無其事地在我身邊坐了下來。

「我平時都坐這裡。」

並直接擺開念書用具，默默地用自動筆寫起字來。

總之我也回頭面對古文的課題。

終於回到平靜的日常生活讓我鬆了口氣，時間就此一分一秒地過去。

早坂同學的那個應該只是暫時受到情緒影響導致迷失了自我吧。

我的心情也恢復了平靜，要是事情能這樣告一段落就好了，但是——

橘同學在解完兩道數學證明題之後，一把抓住了我的領子說道。

「為什麼社長會教早坂同學功課呢？」

她的語氣有些生氣。

「明明不肯教我的說。」

第5話 我知道喔

早坂同學有個感情很好的朋友。

叫做酒井文。

她是個短髮的女孩子，總是戴著塑膠框眼鏡，瀏海長到能蓋在眼鏡上。

雖然外表很樸素，但看來那似乎都是她的偽裝。

那是某天早上發生的事。

這天我因為遲到，打算從後門溜進學校。當我想爬上鐵門跳進校園時，一輛汽車開到了距離後門有段距離的地方。

是一輛車身散發著銀色光澤的進口車。

有個女孩走下副駕駛座，朝我這裡走了過來，並且爬上了鐵門。

「桐島你來得正好，稍微幫我一下。」

聽女孩這麼說，我便幫助她翻過了門。

她的瀏海在落地瞬間垂了下來，我才第一次發現這個人是酒井。

「不戴眼鏡的印象截然不同呢。」

聽我這麼說，酒井連忙從書包裡拿出眼鏡盒裡的眼鏡戴了起來。

「剛剛送我來的人是我哥哥。」

這個理由實在太過牽強，她本人似乎也這麼想。

「難不成桐島你看到了？」

「如果妳指的是在車裡跟哥哥接吻這件事的話。」

看得一清二楚。

「不過，依照歐美的價值觀來看，家人之間接吻並不是件怪事。但我好像記得酒井妳是獨生女吧。」

「真是的。」

酒井撥起瀏海，拿掉了剛戴上的眼鏡，接著——

「他是跟我同居的大學生。」

滿不在乎地開了口。這是一句難以想像會從平時的她口中說出來的話。

「事情就是這樣。桐島，我們一起蹺課吧。」

「我不會告訴其他人啦。」

「就稍微聊一下吧。」

如此這般，我們來到自行車停車場一邊乘涼一邊聊天。

「這麼說來，前陣子有個三年級的女生跑來我們教室對吧。」

「是那個吵著說自己的男友被搶走的學姊吧。」

某個三年級的學長因為迷上了幾乎沒見過的二年級女生，跟原本交往的女友分手了。

雖然三年級的學姊們想來警告那位二年級的女學生別招惹別人的男友，但最後卻沒找到那個女孩子。

「那個人原來是酒井啊。」

「我沒打算搶她男友就是了。」

沒戴眼鏡的酒井外表比同齡的任何人都來得沉穩。

「做人就應該勇於嘗試。」

酒井這麼說著。

「你認為只談一次戀愛就能找到理想的對象嗎？那也太怠惰了吧。人就是該不斷談戀愛，跟各式各樣的人交往，才能找到適合自己的對象。」

「我在某本書上看過。根據美國的社會實驗，為了聘用優秀的人才，一間公司必須面試好幾百人才行。」

戀愛或許也是一樣的。為了找到自己理想的對象，必須先跟很多人談過戀愛。

「所以我會主動地去接近自己中意的人，用非常親密的方式。」

原來如此。

「酒井正在談自由的戀愛呢。」

「這麼說來，桐島正在談實驗性質的戀愛對吧。」

夏天的熱風吹過，自行車停車場能夠清楚地看見泳池。

柵欄的對面，有一群身體濕透，穿著深藍色泳衣的女孩子們。

橘同學也佇立在泳池旁。

她看起來隨時會跟藍天融為一體，就像是夏天的海市蜃樓一樣。

或許是察覺了視線，橘同學朝這裡看了過來，並在一瞬間跟我對上了眼。

但馬上就消失了蹤影，或許是輪到她游泳了吧。

「難不成早坂同學把我們的事情告訴妳了？」

「她沒說。」酒井這麼回答。

「不過，小茜她很不擅長隱瞞事情。」

她似乎全部都知道了。

「我說，把事情全部告訴我吧。」

「那不是能對其他人說的事。」

「沒關係吧，畢竟你也知道了我的祕密。」

酒井毫不在意地繼續開口：

「桐島也得到了橘同學的青睞呢，剛剛她在看你對吧。」

「誰知道呢。」

「女孩子要是肯跟男生獨處進行社團活動，應該就是這麼一回事喔。」

「但她有訂婚對象了。」

「就說沒關係了。畢竟橘同學的眼裡只有桐島你啊。」

「如果是一般的訂婚對象，或許我也會這麼想吧。」

這件事有些複雜。

橘同學曾經說過，她母親的公司似乎託了訂婚對象父親經營公司的福而賺了不少錢。換句話說，橘家的生活是因為訂婚對象的家族才得以成立的。

考試結束後，橘同學在社團教室裡淡淡地講了這件事。

「原來如此。桐島害怕橘同學會因為選了自己而導致家庭破碎啊。」

「我也看過橘同學的升學調查表。」

「是藝術大學的音樂系吧。包含請家教在內，肯定既花錢又花時間才對。不過呢，我覺得你該仔細想想明明幾乎沒有空檔參加社團活動的她，卻還是要跟桐島你待在一起的理由比較好喔。」

橘同學是個戀愛初學者，對很多事情都抱持著興趣。

說實話，我也覺得自己能趁機而入。不過考慮到橘同學的幸福，我對做出讓她放棄訂婚對象的事感到猶豫。

「如果我是桐島的話，就會讓橘同學繼續保留訂婚對象，總之先跟她變得『親密』再去思考之後的事。」

真是行動派的意見。話說回來——

「因為酒井是早坂同學的朋友，我還以為妳知道我正在做這種事的話會生氣呢。」

「小茜的戀愛是她自己的事，我要是插嘴就太不識趣了。」

「早坂同學知道酒井妳在談自由的戀愛嗎？」

「不知道喔。」酒井這麼說著。

「畢竟對乖孩子來說太刺激了。」

「不過早坂同學似乎抗拒被人叫做乖孩子就是了。」

「那是可愛的叛逆期啦！」酒井如是說。

「不過你知道嗎？小茜最近好像在練習做菜，說是想當個好女友。」

「是為了第一順位的對象吧。」

「桐島，你喜歡的菜色是？」

「燉茄子。」

「小茜在練習的就是那個喔。」

她依然很認真呢。

「第一跟第二順位啊。不過，你們真的能分得那麼清楚嗎？我認為戀愛感情是一種連自己都無法控制的東西喔。」

酒井拿下胸前的蝴蝶結，解開了襯衫的鈕釦。

她的鎖骨附近有個小小的紅斑。

「難不成──」

「沒錯，是吻痕。」

我不禁開始想像起坐在駕駛座上的男人親吻酒井脖子的畫面。不知道為什麼，地點還是在早上，那位大學生租借的房間床上。

「桐島，你臉好紅。」

「是酒井妳進展太快了。」

「是這樣嗎？這很普通吧。我認為無論是想觸碰喜歡的人，還是被對方觸碰，都是非常自然的感情表現耶。你們男人也會想碰女孩子吧。」

「女孩子也會這麼想嗎？」

「小茜跟橘同學都不可能沒興趣的。」

這點我有頭緒。

「從女孩子的角度來看，桐島你其實是會讓人想發洩那種情緒的類型喔。」

「咦？」

這是什麼意思？

「難不成我其實挺帥的？」

「怎麼可能，你只是個四眼田雞啦。」

她斬釘截鐵地說。

「那是怎麼回事？」聽我這麼問，酒井立刻回答：

「因為你口風很緊。」

「只因為這樣？」

「這可是很重要的。比起外表帥氣的類型，還是能夠保守祕密的男生比較好。這樣女孩子才能放心地嘗試一些不可告人的事嘛。」

這麼說完之後，酒井再次好好扣上襯衫鈕釦，戴上眼鏡放下瀏海。

恢復成了以往的樸素少女打扮。

「所以說桐島，你接下來可能會很辛苦喔。」

◇

電影或電視劇中的女孩子大多都會被塑造得很清純。

不過，現實中的女孩子或許更為複雜也說不定。

『我才不是個乖寶寶呢。』

早坂同學總是一邊這麼說，一邊試圖觸摸我。

或許正如酒井所說，說不定女孩子也對這方面有興趣。

那麼，嫉妒跟獨占欲又如何呢？

我曾經希望初戀的女孩子別跟其他男生打好關係。

女孩子也會有這種想法嗎？

我沒去上課，躺在社團教室的沙發上思考著這些事情。

這是因為我被酒井那超前的戀愛觀震撼到了。

不過我在思索途中不知不覺地睡著，醒來時第二堂課已經上到一半了。

潮濕又柔軟的東西觸碰著我的耳朵。這觸感似曾相似，我的背脊竄過一陣快感。

「你終於醒了。」

橘同學蹲在旁邊窺探著我的表情。

「看來妳染上了舔人的癖好。」

見到她作勢要繼續舔我的耳朵，我連忙坐了起來。

「雖然有很多話想說，但總之先把眼鏡還我吧。」

大概是趁我睡著時拿走的吧，橘同學正戴著我的眼鏡。

「戴那種東西視力會變差喔。」

「只是掛在鼻子上所以沒問題的。」

「妳要是不還給我，我就什麼都看不清楚了。」

橘同學默默地用手指摸了摸鏡片，便把眼鏡還給了我。

我用眼鏡布擦掉指紋。

「現在可是上課中喔。」

「社長也是啊。」

「是說橘同學怎麼會來這裡？」

「社長明明人在自行車停車場，卻沒去上課。」

「這麼說來，有被妳看到呢。」

「你怎麼會跟酒井同學在一起？」

「只是偶然遇到罷了。話說回來，真虧妳知道那是酒井呢，沒戴眼鏡的她形象完全不同吧。」

「因為站姿跟說話時會抱著手臂的習慣，都跟酒井同學一模一樣。」

橘同學的觀察力真是可怕。

「比起這個，社長，機會難得，來進行社團活動吧。」

她翻閱著《戀愛筆記》。

而且還是那本禁書，頁面上的標題是〈無須動手的遊戲基礎篇〉。

那是繼〈耳邊推理〉之後，作者的另一個妄想產物。

「橘同學，我說過考試期間社團活動暫停了吧。」

而且這裡是推理研究社，不是戀愛社。

「無所謂吧，我想多了解跟戀愛有關的事。」

橘同學強硬地將筆記塞過來，我將它推了回去。

「總覺得社長最近刻意避開我。」

「沒那回事。」

「突然就暫停了社團活動。」

「畢竟是段考週啊。」

「還拒絕教我功課。」

「這是因為……」

「但是卻願意教早坂同學，這讓人很受傷呢。」

橘同學擺出一副迷路小狗般的表情，讓我胸口有些疼痛。

「社長喜歡早坂同學。」

「就說不是那樣了。」

「早坂同學也喜歡社長。」

「為什麼會這麼想？」

「她對待社長的方式時而溫柔，時而反過來變得很冷淡，情況非常不穩定。喜歡不就是這麼一回事嗎？」

她看得真仔細。

「不過橘同學忘了一件事，早坂同學有其他喜歡的人。」

「就是這樣，實在很難理解。早坂同學明明有喜歡的人了，看起來卻像是喜歡社長。」

橘同學凝視著我的臉說道：

「社長也一樣。雖然看似喜歡早坂同學，但也像是喜歡其他女孩子。」

「其他的女孩子是指誰啊？」

「我。」

正中紅心。

橘同學的問法過於直接。

『你喜歡我不是嗎？』

這就是她的意思。語氣十分冷靜、自然，平淡得令人驚訝。

因此我也盡可能冷靜地做出答覆：

「假設橘同學的感覺全都是事實的話，許多人會朝各種不同的方向劃出好感的箭頭，關係狀況會變得很混亂的。」

「沒錯，所以我才想對答案。」

橘同學將臉湊了過來。

「告訴我正確答案吧。早坂同學喜歡的人是誰？社長真正喜歡的人又是誰？」

「那個……」

當然，我無論如何都說不出實話。

所以我決定轉移話題蒙混過去。

「橘同學妳又是如何呢？」

「我？」

「妳知道自己喜歡誰嗎？」

聽我這麼問，橘同學給出了「還在嘗試」的答案。

「還差一點，我就能了解自己跟誰做了怎樣的事，自己會有什麼感受了。」

她手上拿著《戀愛筆記》。

「來試試看這個遊戲吧，我想多測試一下自己的心情。」

「不，這是不行的。」

「為什麼？為什麼不行？」

「我之前也說過了吧。既然都訂婚了，就不該跟其他男人做這種事。」

「這種事是誰規定的？」

「一般人都認為做這種事是不對的。」

「這只是社長你自己訂下的規則吧？」

真敏銳，不過……

「不行的事就是不行。」

「不玩的話，我就不讓你去上課。」

「妳要是這麼做，我真的會生氣喔。」

聽我這麼說，橘同學竟然說了「就是希望你生氣」這種話。

「剛剛會在眼鏡上留下指紋，也是為了看你生氣的表情。我想多看看你不同的表情，想知道那時我會產生怎樣的心情。」

橘同學真是鍥而不舍。

「社長你真的不願意嗎？雖然嘴上那麼說，但看起來不是那樣呢。」

被看穿了，我的確想跟橘同學做寫在《戀愛筆記》上的事。

不過我果然還是很在意訂婚對象的存在。要是對她的家庭環境造成不好的影響，使橘同學變得不幸的話，我會非常過意不去。所以，我決定先暫時擊退橘同學。

「好啊，來玩吧。」

我抓住橘同學的手強硬地把她拉了過來，我們的臉頰頓時變得像是接吻那般接近。

「不過就別從基礎篇開始，還是來玩應用篇吧。」

《戀愛筆記》上的〈無須動手的遊戲〉不光只有基礎篇，還有應用篇。

當然，應用篇要來得刺激的多。

「這、這麼突然？」

橘同學滿臉通紅地瞪大了眼睛。

「應用篇！」

她終究只是個戀愛初學者，就算懂得進攻，也不擅長防守。

為了趁勝追擊，我撥起橘同學的頭髮，在她耳邊吹氣。

「呼咪！」

橘同學發出奇特的叫聲揮了揮手，摀著耳朵跟我拉開距離。

最近我都是用這種方式讓橘同學害羞擊退她的。

不過，橘同學的臉紅也只維持了短短數秒，立刻又恢復成認真的表情。

「社長，你是為了蒙混過關才這麼做的吧？」

「誰知道呢。」

「我只是想知道社長真正喜歡的人是誰而已。」

橘同學正試圖搞懂何謂戀愛。

打算去了解早坂同學的心情、我的心情，還有她自己的心情。不過——

「戀愛不是能輕易對答案的東西。人心是很複雜的，所以大家才會去想像對方的心情，並因此煩惱。」

「是嗎，我明白了。」

橘同學恢復冷靜這麼說著。

「那麼，我就自己去對答案。」

「用什麼方式？」

「感情測試。」

總覺得這說法不單純。

「是社長不好。因為你明明不肯教我功課，卻教了早坂同學。明明在疏遠我，卻跟酒井同學打成一片，所以我才會做出這種事。」

橘同學這麼說完就走出了社團教室。

我再次擦了擦眼鏡，整理自己睡著時亂掉的衣領。

話說回來，橘同學究竟是打算做什麼呢？

在我還在這麼思索時，橘同學的男粉絲們在下堂下課時間發出了慘叫。

理由是她繫著男友的領帶。

於是，橘光里的感情測試就此揭開序幕。

◇

一早，橘同學在校門口跟我打了招呼。

「早安，社長。」

她的胸口繫著男生用的領帶。

「這個怎麼樣？」

「很適合妳，看起來比緞帶更帥氣。」

「社長現在是什麼心情？」

「很普通。」

或許是覺得我的反應不有趣，橘同學「哼——」的一聲就離開了。

對此我真的沒有任何想法。

只覺得夏天的早晨跟橘同學這個組合很新鮮罷了。

另一方面，橘同學的男粉絲們不斷地唉聲嘆氣。

他們的著眼點是在橘同學對男友也很冷淡這件事情上。要是他只是名義上的男友，那麼自己就會有機可趁，而這個願望也被這甜蜜的領帶風波給打碎了。

「桐島同學，你沒事吧？」

早坂同學在走廊上這麼問我。

這是在我們準備前往實驗室上第一堂化學實驗課時發生的事。

「妳是指什麼？」

「就是橘同學啊。她似乎跟男友處得不錯呢。」

「這種程度無所謂，沒什麼大不了的。」

「難不成你還在透過懊悔享受快感？」

當我們聊到這裡，橘同學從對面走了過來。

她手上拿著紙盒裝的黑醋飲料，真是健康呢。

「你們氣氛很不錯呢。」

橘同學這麼對早坂同學搭話。

自從在車站大樓見面之後，她們兩個的感情似乎就融洽了不少。

「早坂同學果然喜歡社長嗎？」

「才、才沒那回事呢。」

面對這直接的問題，早坂同學慌張地做出回答。

「這樣很普通啦，普通。」

「哼嗯——我跟社長感情很好喔。」

橘同學一邊這麼說，一邊挽起我的手臂。一瞬間，早坂同學當場僵住了。

「等一下橘同學，這裡可是學校耶。」

「是呢。」

「而且妳有男朋友吧？」

「那又怎麼樣？」

「明明已經有男朋友了，還跟桐島同學、那個、靠得那麼近……」

「這是社長跟社員的身體接觸。」

「是、是嗎。嗯，說得也是。關係好是件好事。看到你們感情很好，我也很開心喔。」

早坂同學笑容生硬地說。

早坂同學，妳不能擺出那麼好懂的表情。

橘同學只是在試探我們而已。而她似乎對早坂同學的反應很滿意。

「啊，要開始上課了。」

只見她邊說邊在黑醋飲料插上吸管，並含進嘴裡就離開了。

「桐島同學，我們回教室一下吧。」

早坂同學臉上依然掛著笑容，語氣就像是在說「給我過來一下」似的，於是我跟著她回到了空無一人的教室。

「看來你跟橘同學似乎進展得很順利呢。」

「該怎麼說呢，抱歉。」

「沒關係啦，這樣就行了。因為她是你第一順位的對象嘛。」

話雖如此，早坂同學拿著課本的手因為太過用力，手指都泛白了。

「桐島同學，你的領口好像比平時還要敞開耶。」

「有嗎？」

「連第二顆鈕釦都打開了。不過，橘同學她突然間怎麼了呢？明明已經跟男朋友有進展了，卻還來纏著桐島同學。」

「那是因為——」

我說明了橘同學開始測試我們感情的事。

「哼嗯——也就是說，她打算透過那種方式讓我嫉妒啊。」

「我想應該沒錯。」

「不過，她怎麼做我完全不在意就是了。」

看起來超在意的。

「也不會表現在臉上。」

笑容超可怕。

「畢竟我知道自己是備胎，就算她向我炫耀也不成問題，沒什麼大不了的。」

身後都能看到仁王像了。早坂同學說完之後嘆了口氣，隨後盯著我看。

「話說回來，桐島同學雖然買了髮膠，但卻不怎麼用呢。」

「因為早上時間不夠，老是會忘記用。」

「不行喔，外表得好好打扮才行。我來幫你塗吧。」

早坂同學一邊說，一邊從書包裡拿出自己的髮蠟。

似乎是因為今天有游泳課，所以她會才把髮蠟帶來學校。

早坂同學踮起腳尖，伸手將髮蠟抹在我頭上。

「好，完成了。感覺不錯喔。」

有股櫻花跟鈴蘭花的花香味。

這是經常在早坂同學頭髮上聞到的味道。

「在橘同學面前必須好好打扮才行。是在橘同學面前喔。」

◇

午休時間，我一如往常地躺在沙發上。本來想聽點音樂的，但無法如願只好放棄，當我正打算睡一覺時橘同學走了進來。

她走到我身邊，再次用手指摸了摸我的眼鏡鏡片。

「就算做這種事我也不會生氣喔。」

「明明我只是想看不同的表情而已。」

此時橘同學吸了吸鼻子，緊接著用雙手抓住我的頭，開始聞起味道。

「哼嗯，是這麼回事啊。」

她表情冷淡地說。

「這是對我下的挑戰書吧。」

「橘同學的鼻子真靈。」

「早坂同學那甘甜的香氣，不適合社長喔。」

橘同學這麼說完，不知道從哪拿出了自己的髮蠟塗在手上，並將它抹上我的頭髮。清爽的柑橘薄荷香氣蓋過了原本的氣味。

畢竟也不能洗頭，只好繼續保持這樣子了。

午休時間結束後，早坂同學在走廊上擦身而過時悄悄地對我說：

「有橘同學的香味，是她幫你塗上的吧。」

我猛然回過頭去，只見早坂同學看著我露出了微笑。

「太好了呢。」

她的笑容反而讓人害怕，眉毛還在微微抽動。看來完全經不起挑釁。

「我完全無所謂喔，因為從一開始就知道自己是備胎了嘛。所以我不會嫉妒，沒問題的。」

早坂同學說完就離開了。

雖然我也想返回教室，但因為擔心早坂同學的狀況而追了上去。

並在走廊上見到了眼神空洞並喃喃自語的她。

「為什麼要對我的桐島同學出手啊……都已經有男朋友了……就算長得好看也不能……」

◇

橘光里的感情測試依然持續著。

某天橘同學的粉絲們再次發出了慘叫。

這是因為她在用入耳式耳機聽音樂。她本來用的是以重低音著稱，上面鑲著白底金色商標的無線頭戴式耳機。

當然，也傳出了那是男友耳機的傳聞。

更何況她似乎還哼著跟形象不符的另類搖滾歌曲。那感覺就像是種尖厲刺耳的尖銳旋律，看來女孩子喜歡的曲子會因為交往的男生影響而改變是肯定的。

放學後，橘同學戴著耳機，嘴上哼著另類搖滾的曲子走進了社團教室。

「怎麼樣？」

「夏天還是戴入耳式耳機比較涼快。」

「哼嗯。」

橘同學一臉無趣似的從我放在咖啡桌上的鉛筆盒裡抽走了兩枝筆。

只要我願意，就能刻意地讓自己面無表情。

但早坂同學並非如此，她會做出有趣的反應。

「你也給了橘同學鉛筆呢。」

下課時間，早坂同學這麼對我說。

似乎是因為她見到了橘同學在上課中使用鉛筆。

「原來你給的人不只我一個啊。」

「抱歉。」

「我完全無所謂喔！」

感覺就是很有意見。

「話說回來，可以借我體育服嗎？」

「體育服？」

「體育考試時需要用到，我忘記帶了。」

「可是我才剛上完體育課，上面已經沾了汗水。」

「那樣就行了，就是那樣才好。」

這下輪到早坂同學的粉絲發出了類似慘叫的悲鳴。

她身上穿著尺寸不合的男生體育服，會這樣也是當然的。

也就是俗稱的「男友襯衫」狀態。

那位清純的早坂同學才不會做出這種事，肯定只是保健室剛好只能借到男用的體育服而已。她的死忠粉絲強硬地擅自做出結論。

但觀察力敏銳的橘同學不可能放過這點。

體育課結束後，我立刻在走廊上被橘同學逮個正著。

「那是社長的吧。」

「我只是隨波逐流。」

「早坂同學這完全是在跟我示威呢。」

「請別太刺激她了。」

「先拿著鉛筆炫耀的人是她耶。」

早坂同學竟然做了這種事嗎。

「總之社長，也把體育服借給我吧。」

「不，今天已經沒有體育課了吧。」

「我帶回家穿。」

「這是基於什麼想法啊？」

◇

兩人的神祕戰爭愈演愈烈。

橘同學從我的書包拿出體香噴霧，在我面前伸進襯衫裡噴了噴，接著刻意走過早坂同學面前。

早坂同學說自己忘了帶課本，拿走了我的。

因為她們兩人一股腦地你來我往，我趁著下課時間逃進了學生會室。

「桐島你怎麼搞成這樣。」

牧這麼說著：

「那顆頭是怎麼回事？」

「大概是被兩種髮蠟反覆塗抹的關係吧。」

我將自己身上發生的事告訴了牧。

「原來橘同學會跟男友秀恩愛讓大家吵得沸沸揚揚的，是為了挑釁桐島你啊。」

「她在測試感情。」

「早坂因為性格單純中了挑釁，而橘又意外地好戰，才會演變成這種爭端是嗎。也難怪桐島身邊的東西會一件件消失了。」

牧好像早就發現了我的鉛筆、體育服跟其他許多東西都不見的事。

「在女校，帶著男校的書包上學似乎是一種地位的象徵喔。那大概是在表示自己有男朋友吧，桐島你的情況大概就是那樣。」

「你覺得我該怎麼辦才好？」

「還是別管了吧。兩個女人起爭執的時候，可沒有男人插手的餘地喔。」

此時牧突然說了句「那我先出去了」。

「發生了什麼事？」

「有客人，大概是來找你的。」

透過學生會室的大門縫隙，可以看見早坂同學的朋友酒井的身影。

「我好像不太擅長應付那傢伙呢。」

那大概是因為酒井跟牧有些相似的緣故吧。雖然這麼想，但我並未點破。畢竟酒井大概也不太想讓人知道自己的真面目。

牧走出房間，酒井接著走了進來。

「你們剛剛在聊小茜的事吧，說她在跟橘同學較量。」

酒井這麼開口，她似乎也是來談這件事的。

「再這樣下去，小茜會變成病嬌的喔。雖然我覺得這樣也挺可愛的。」

「她的情緒已經那麼不穩定了嗎？」

「一起回家的時候，她一直在喃喃自語。」

『橘同學為什麼要做這種事啊？明明我只有桐島同學的說，不要把他搶走啦。咦？我可以生氣嗎？啊，應該不可以吧。畢竟我是備胎嘛，桐島同學是我的……什麼呢？對了，是備胎。所以我得安分一點才行……』

即使酒井就在身邊，她似乎還是一直說著這種話。

「對我個人來說，雖然觀看女人之間的戰爭也挺有趣的，不過身為小茜的朋友，我希望桐島你去拜託橘同學別這麼做，因為小茜的內心很脆弱。說到底，小茜本來就只能當第一順位，她的腦袋沒有靈活到能勝任備胎。」

「不過橘同學會聽得進我說的話嗎？牧說過男人是沒辦法制止女性的爭端耶。」

「一般情況下的話。不過橘同學應該會聽桐島的話喔。」

「妳為什麼會這麼想？」

「因為橘同學就算會測試小茜的感情，卻沒有勇氣測試桐島你的啊。」

橘同學果然沒談過戀愛呢，酒井如是說。

「你從一開始就知道了吧？」

「妳是指什麼？」

「居然裝傻。」

酒井這麼說著。

「那條領帶跟耳機，全部都是桐島的東西吧？」

◇

我不可能對自己的領帶跟耳機感到嫉妒，她哼著的另類搖滾也是我喜歡的曲子。

「差不多該還我了吧。」

「該怎麼辦呢，我其實滿喜歡這個的呢。」

橘同學摸了摸領帶。她胸前的口袋裡放著纏有耳機線的ＭＰ３撥放器。橘同學是不可能捨棄藍芽耳機去改用有線耳機的。

無論是領帶還是耳機，都是她趁著我在社團教室睡覺時偷偷拿走的。

期末考結束當天的下午，我們在社團教室裡靜靜地對峙著。

『其實她應該是想把男友的東西戴在身上，來引起桐島你的嫉妒吧。』

酒井是這麼分析的。

『但是卻害怕桐島看到她跟男友卿卿我我的模樣之後會討厭她，因此只能去測試小茜的心情，橘同學意外地膽小呢。』

雖然不知道是不是真的，但無論如何，她要是再不還我就麻煩了。

恐怕早坂同學也發現了領帶的真正情況，才會開始跟橘同學在各方面較勁。因為她很喜歡我就算是夏天依然會繫領帶這點。

「要我還你可以。」

橘同學一邊這麼說，一邊翻開了《戀愛筆記》。

「如果你願意陪我玩這個遊戲的話。」

「我說過不再做這種事了吧。」

「但是我覺得社長很感興趣呢。」

「沒那回事。」

我語氣強硬地說，橘同學見狀突然安靜了下來。

「抱歉，我不該這麼任性。」

「不，妳不用這麼失落吧。」

「我不會再拜託你了。」

這麼說完之後，她拿起書包打算走出教室。領帶跟MP3都還在她身上，她要是繼續不還我會很困擾，也因為這個緣故——

「嘿等等！」

我將雙手揹在背後，走到橘同學面前擋住了她。

「社長很有幹勁嘛。」

「作為交換，領帶得還我喔。」

「可以啊，就這麼說定了。」

橘同學有些開心地露出笑容。既然她肯為此高興的話，我想這樣也好吧。

「那麼就來玩吧。」

「試試看吧。」

〈無須動手的遊戲基礎篇〉。

於是事情變成了這樣。

◇

〈無須動手的遊戲〉，是記載在《戀愛筆記》上的其中一個愚蠢遊戲。

旁邊一如往常地加上了這個遊戲好玩與否，會依照遊玩者的感性而有所不同的註解。

規則非常單純，只要在密室裡不用手度過二十分鐘內就行了。

我跟橘同學面對面地坐在沙發上，中間隔著咖啡桌。

雙手都揹在背後。

雖然遊戲已經開始了，但不用手幾乎做不了任何事。

而且因為規則太少，完全不知道該做什麼才好。

只能默默地任由時間流逝。

以智商一八〇的作者製作的遊戲來說，這應該算是失敗吧。

正當我這麼想的時候。

「頭髮真礙事呢。」

一束頭髮滑落到橘同學的臉頰上，不斷地晃來晃去。

「社長，幫我把它撥到耳朵上。」

原來如此，來這招啊。

這才是這個遊戲的精髓。請對方幫忙自己辦不到的事。

但是因為不能用手，所以必須使用身體的其他部位。而除了手之外，能夠靈活動作的部位是有限的。

「真的可以吧。」

「快點，頭髮弄得我好癢。」

我接受挑戰。

我走到橘同學身邊，將臉湊近她的側臉。總覺得有股香氣。接著用嘴巴叼起貼在橘同學臉上的頭髮，此時我的嘴唇碰到了她的臉頰，但她沒有任何反應。

於是我緩緩地將頭髮提到了她的耳後，其實這並不是件難事。

但是回過神來，我才發現自已假借撥頭髮的名義，用舌頭沿著耳朵舔了上去，就像橘同學過去對我做的一樣。不對，我不是因為她耳朵的形狀很漂亮，或是被那複雜的形狀吸引才這麼做的。

是為了盡快讓橘同學害羞好結束這個遊戲。這是事實，不是藉口。

但是她卻沒有絲毫害羞的樣子，這個戀愛初學者似乎也稍微有些成長了。

「非常感謝你。」

橘同學面不改色地說道。

「另外，我口有點渴了。」

她細心地在桌上準備了裝有水的紙杯。

杯子的紙很柔軟，能夠用嘴巴咬住邊緣將其叼起。

橘同學準備得真萬全，她完全弄懂了這個遊戲。

「那麼，要開始嘍。」

「嗯。」

我用嘴叼起紙杯，將紙杯的另一端移到橘同學嘴邊。我們的額頭近到快要碰到了，臉也十分貼近。

橘同學果然長得很漂亮，近距離看著她總覺得讓人靜不下心來。腦袋的螺絲開始鬆脫。

橘同學也咬住了紙杯的邊緣，而另一邊當然就是我的嘴。

我們透過紙杯聯繫在一起。

我們的嘴同時都放在紙杯邊緣，因此不算是間接接吻。

要說的話就是隔空接吻，同時存在性質的接吻行為。

不、這個，幾乎就是接吻了。畢竟都直接聯繫在一起了。

總覺得比起一般接吻，感受到了更為深入、親密的接納感。

為了讓她喝到水，我傾斜了杯身。但由於動作太快，幾乎所有的水都灑了出來，沾濕了橘同學她薄嫩的嘴唇以及白色襯衫。

「抱歉。」

「希望你幫我擦掉。」

桌上還放著一條毛巾。真是的，她準備得真是萬全。

我咬住天藍色的毛巾，擦拭起橘同學嘴邊的水。由於她的肌膚白皙細緻到彷彿能看見血管，因此我的動作非常輕柔。

「我的嘴唇還是濕的。」

「知道了。」

毛巾的質地很厚，因此並未直接感受到觸感。

不過，我的嘴唇的確藉由毛巾碰到了橘同學的嘴唇。

這個事實令我有些暈眩。

橘同學的臉頰紅通通的。

在擦拭的途中，橘同學似乎在無意間把嘴巴湊了過來。要是沒有這條毛巾，我究竟會有什麼觸感，又會是什麼樣的心情呢？

「濕掉的地方，幫我全部擦乾淨。」

「我知道了。」

我叼著毛巾開始擦拭她的脖子，白皙的頸項就在我的面前。

接著是布料很薄，因為沾濕而有些走光的襯衫。上面有著柔軟劑的香氣。

然後是肩膀、胸口跟裙襬。

無論有濕還是沒濕的地方，我全都叼著毛巾將臉貼了上去。

我不知道自己這麼做的理由，理性開始逐漸崩塌。

不管我擦拭哪個部位，橘同學都沒有任何抵抗。

只是發出了嬌膩的呼吸聲。我感受著橘同學的身體，然後——

無論做什麼都會被允許，我有這種感覺。

我想抱住橘同學纖細的身體。雖然心中湧現出這種衝動，但我壓了下來。不能做這種事。我在理性完全消失之前離開了她的身體。

「擦完了。」

「謝謝你。」

總覺得橘同學的表情有些恍惚。

呼吸也很急促。或許她也跟我一樣，腦袋的螺絲有些鬆脫了也說不定。

「社長，你有什麼希望我對你做的事嗎？」

「我想想，因為稍微運動了一下，肚子或許有點餓了呢。」

「那麼這下正好。」

桌子上放著一包Pocky巧克力棒的銀色袋子。

「你可以吃這個喔。」

無須多餘的話語，我們同時有了動作。

橘同學咬起銀色的包裝袋，並將其遞了過來。我也叼住了袋子的反方向。

我們默契十足地往相反方向施力拉開包裝，並將袋子放在桌上。

接下來橘同學叼起一根巧克力棒遞了過來。

我朝著尖端咬了一口，巧克力棒變短了。

因為這個緣故，我更靠近了橘同學咬著巧克力棒的嘴唇。

我又吃了一口。巧克力棒變得更短，橘同學的嘴唇更近了一步。

再來一口。距離縮短，薄嫩的嘴唇逐漸靠近。

等巧克力棒吃完，我們的距離將不復存在。

橘同學，這樣就行了吧？

我眼中只剩下橘同學的嘴唇，滿腦子完全只在意這件事。

而她似乎也明白這點。

『可以喔。』

她彷彿像在這麼說似的抬起下巴，噘起嘴唇。

我跟橘同學的戀愛相對距離是一根巧克力棒，而它很快就會縮短為零。

就要任由感情驅使跟最喜歡的對象接吻了。

橘同學很有品味且具備獨創性，所以肯定會給我一個至今從未體驗過，充滿創意、強烈至極的吻。

是普通人絕對不會做，憑我絕對想不到，非常不健全又舒服得要命的吻。

跟超跑一樣特別且擁有獨創性，有著超凡美貌的橘同學。

我馬上就能跟這樣的女孩子接吻了。用最棒、最完美、充滿創意的——

但是，就在我們嘴唇即將觸碰的前一刻。

她忽然鬆開了嘴。

無情地將剩下的巧克力棒塞進了我嘴裡。

『期待了嗎？』

橘同學臉上掛著像是在這麼說似的惡作劇的笑容。

超期待的。

我就像被要求等待的小狗一樣，無從宣洩想要接吻的心情。

不行，我忍不下去了。就算來硬的，我也要奪走橘同學的嘴唇。但是——

嘴裡的觸感，讓我察覺了她真正的意圖。

巧克力棒的餅乾部分。

她剛剛叼著的部分已經變得濕軟。

我正含著，咀嚼這個曾被橘同學含在嘴裡的部分。是一種比接吻更加具備禁忌跟悖德感的行為。

吞下去的瞬間，一股難以言喻的快感竄過全身。

「如何？」

「橘同學或許是個天才也說不定。」

「你肚子應該還很餓吧？」

「非常餓。」

在巧克力棒整袋吃完之前，我們不顧一切，一股腦地重複著相同的行為。由橘同學含住巧克力棒，我沿著吃了過去。並在最後關頭被她喊停，就這樣一直不斷地重複。

接著打開下一袋。或許她下次就會吻我，我在心裡抱持著這樣的期待。

想要，好想接吻。

給我，多給我一點，給我巧克力棒。再來，再多給我一點。我想要更多。想要橘同學。想要更多巧克力棒。更多，給我更多巧克力棒。更多，多來一點。更多多多多多。

我失去了意識，大腦被濕潤的餅乾弄壞，當機了。

橘同學的呼吸也變得急促，眼神失去了焦點，她的意識也變得模糊。

巧克力棒還剩最後一袋，我有預感，這袋可以成功。

如果在兩人都精神恍惚的情況下接吻，肯定會發生不得了的事，大概會舒服得要死吧。

帶著最棒的預感，我們一起打開了最後的銀色包裝袋。

但是——

就在這時，宣告經過二十分鐘的計時器響起。

伴隨著愚蠢的聲音，我產生了一股虛脫感。

我們一如往常地恢復了理智，開始反省。

剛剛的想法實在有點不正常。

「果然禁書的遊戲不該輕易嘗試呢。」

「…………是啊。」

◇

我暫時全身無力地躺在沙發上。

正當我這麼做的時候，橘同學再次爬到了我身上。

「慢著？」

這個姿勢相當不妙。她的裙襬凌亂，白皙的大腿大面積地露了出來。如果是早坂同學肯定是故意的，但換成橘同學實在難以判斷。無論如何——

「遊戲已經結束了。」

「只是還你領帶而已。」

橘同學解開自己的領帶，將其掛在我脖子上。

讓她幫我繫領帶有種新婚夫婦的感覺，使我有點心動。

「別再捉弄早坂同學嘍。」

「嗯。」

她老實地點了點頭。

「不必那麼做了，因為我已經知道了。」

「知道什麼？」

「早坂同學的喜歡有兩份，沒錯吧？」

一份是喜歡學長的心情，第二份則是喜歡我的心意。

「因為我喜歡的人只有一個，所以才搞不清楚。」

「而跟她一樣——」橘同學繼續開了口：

「社長的喜歡也有兩份。」

其中一邊是對早坂同學的喜歡，另一邊則是……

橘同學說到這裡停了下來。

接著伸手摸著我的臉。

「吶，我們來接吻吧。」

說出了這種話。

「因為我從來沒做過，想試試看。」

橘同學將臉湊了過來，我抓住她的肩膀制止了她。

「不行。」

「為什麼？」

「妳不該做這種事，這樣對不起男朋友。」

「那個人不是我的男友。」

「咦？」

「是訂婚對象的親戚。只是為了不讓其他男人接近我，才擺出男友的樣子。」

真是衝擊的事實，不過——

「妳是真的有訂婚對象吧。」

「有。」

「妳也不可能跟他分手吧？」

我提出了有些深入的問題。

橘同學點了點頭。雖然我早就知道，但還是受到了打擊。

「媽媽的公司能夠順利發展，都是多虧那個人父親的福。我知道媽媽有多辛苦，所以無法拒絕。」

橘同學從我身上離開，並站了起來。

「社長不喜歡有訂婚對象的女孩子呢。」

「沒那回事就是了。」

「但是你不肯跟我接吻。」

「是不該這麼做。」我如是說。

「是嗎。那我一生都不可能跟人接吻了。」

「為什麼？」

「吶，司郎。」

橘同學突然用名字來稱呼我。

「你知道嗎？」

「知道什麼？」

「之前，你在KTV包廂講過自己初戀的事情吧。」

她指的是我曾對自己小時候初次喜歡上的女孩子說過「我希望妳別跟我以外的男孩子打成一片」的那段故事。

「明明是十年前的事，你還記得真清楚呢。」

「畢竟是初戀啊。」

「不過這跟事實有點不同。」

橘同學這麼說著。

「正確來說，司郎對那個女孩子說的是『我連一根手指都不希望妳被其他男孩子碰』。」

「這樣更令人害羞了。」

「是啊，不過那個女孩子似乎把這件事情當真了。就算過了十年，現在的她依然不肯讓其他男人碰，也不想被其他男人碰。只要對方不是那個男孩子，她似乎就無法動心。」

橘同學那如同玻璃般的瞳孔緊緊盯著我。

「吶。」

冰冷的手撫摸著我的臉頰。

「你知道嗎？」

「知道什麼？」

橘同學將臉靠近到我只要稍微有動作，嘴唇就會重疊的位置開了口。

「你知道當時的那個女孩，就是我嗎？」

我什麼話都沒有說。

我很清楚要是在這裡開了口，我們的關係將會產生巨大的改變。但腦中不知為何浮現了早坂同學的身影，因此我什麼都沒有說。或許我是對開口之後發生的變化感到害怕也說不定。

互相看了一會之後，橘同學從我身上離開。

「算了，也罷。」

接下來她收拾好東西，乾脆地離開了社團教室。

變得獨自一人的我目光停留在巧克力棒的袋子上。

我抓起其中一根放進嘴裡。

味道不夠。看來不是濕潤的餅乾，我就無法獲得滿足呢。

橘同學，妳真有一手呢。

我一邊吃著巧克力棒，一邊回想著橘同學說過的話：

『你知道當時的那個女孩，就是我嗎？』

我知道喔。

所以橘同學才是特別的，無論發生什麼都是我第一順位的對象啊。

第6話　四角革命

在距離暑假還有兩個星期的時候，牧這麼說了。

「來辦夏季集訓吧。」

這是在上午課程結束時，在社團教室發生的事。

起因在正在跟牧交往，被稱為小三木的英文老師身上。為了讓即將廢社的推理社復活，當時請了小三木來擔任顧問。而她似乎因為推理社沒有任何活動實績，在教職員會議上被罵了一頓。

「就算說要集訓，你打算做什麼？」

「拍攝推理影片傳到網路上啊。這用來當作推理社的活動實績綽綽有餘吧，而且還能免費住溫泉旅館。」

牧拿過來的平板上，顯示著一間復古溫泉旅館的首頁。

「目的是為了宣傳。只要拍攝以旅館作為舞台的電影短片，上傳到影片網站上就能免費住宿。畢竟夏天是淡季，房間很空，所以對他們來說正好吧。」

這是以大學攝影社為目標客群的方案。

以免費住宿請房客拍攝宣傳影片。

「就這樣，我們來拍溫泉推理劇吧。」

「才不要。」

「為什麼啊？」

「做起來很麻煩吧。」

「我說啊，要是沒有活動實績，社團教室會被收走喔？」

「那樣可就麻煩了。」

「所以就只能上了吧。」

牧充滿幹勁地說，他似乎很想嘗試當一次電影導演。據說他已經拜託漫研社的山中同學來構思分鏡了。

「演員我會去問問有那種風範的傢伙。」

「劇本呢？」

「交給橘就行了吧，她感覺就很擅長這類創作。」

「那麼，我就委婉地問問看吧。」

「真是不乾脆耶，發生了什麼事嗎？」

「就說沒事了。」

「話說回來，最近橘那傢伙都在請假耶。」

「因為她要參加鋼琴比賽，好像要請到比賽結束為止。」

這是事實。不過實際上，最近我跟橘同學的關係的確有點糟。

自從我拒絕接吻的要求之後，她的心情就一直很差。

「果然發生了什麼事吧。」

牧笑嘻嘻地說著，他的直覺總是在奇怪的地方很準。

「不過嘛，就算你跟橘的關係變僵也無所謂吧，畢竟你有著人人欽羨的備胎當保險啊。」

牧朝校舍外看了一眼，早坂同學正站在距離後門有點遠的地方。

「是要跟你一起回去吧？」

「就是這樣。」

我站起身開始收拾東西。

「雖然現在或許還無所謂，但你最近會遇到麻煩事喔。」

牧故弄玄虛地說著。

「這是什麼意思？」

「這我不能說。不過，你馬上就會知道了。」

反正肯定是從小三木那裡聽到了什麼風聲吧。

「總之，來辦夏季集訓吧。不然社團教室會被收走嘛。」

「說得也是。」

不過，關於拍電影短片這件事，有個地方讓我很在意。

「我要負責做什麼呢？」

「畢竟桐島看起來不太擅長演戲嘛。」

「該怎麼辦呢？」牧煩惱了一陣子之後開了口：

「演屍體就行了吧。」

「我好歹也是社長耶。」我一邊說，一邊開始在腦中想像。

想像自己在昏暗的更衣室裡，被身穿浴衣的橘同學非常溫柔、不疾不徐小心翼翼地殺害的光景。

「嗯，或許這樣也不壞呢。」

「異想天開的妄想要適可而止喔。」

◇

要以第一順位的對象為優先。

這是我們決定跟備胎交往時訂下，我跟早坂同學都非常了解的規則。但有時候也會失控，這次早坂同學似乎就是這樣。

「前陣子真是對不起，我一直都想這麼對你說……」

在一起回家的路上，早坂同學向我道歉。她指的是前陣子橘同學測試感情的事。

「我跟橘同學較起勁來了。該怎麼說呢，總覺得不想輸給她。」

「妳從一開始就發現那是我的領帶了嗎？」

「嗯。因為桐島同學明明夏天也會繫領帶，當時卻沒有繫。」

順帶一提，襯衫的鈕釦我也會全部扣好。

「明明必須退讓才行的說。但那時候我還是覺得很嫉妒，對不起。」

因為她的表情無精打采的，我握住了她的手。

「桐島同學。」

早坂同學的表情亮了起來。

光是像這樣牽手就能讓對方感到開心，是一件很棒的事。於此同時，對於自己的行為會造成對方巨大影響的事，讓我覺得很不可思議。

「人們都覺得嫉妒是種不太好的情感。」

「但我認為那其實是很自然的感情。」

尤其在戀愛方面更是如此，也經常能聽到男人的嫉妒很不像樣之類的話。

任誰應該都會有想要獨占對方，想得到對方重視之類的心情才對。

「正因為喜歡，才會嫉妒。」

成年之後或許想法會有所不同，但現在我們還辦不到。

「可是我嫉妒的是你第一順位的女孩子喔？還妨礙了你們喔？」

「我們還是把對備胎的喜歡看得太簡單了。」

我們雖然是對方的備胎，但仍是一對名副其實的情侶，也很喜歡對方。也因為這份感情十分強烈，才導致有時候會失去控制。

「嫉妒就是喜歡的證據。」

「桐島同學也會嫉妒嗎？」

「早坂同學去參加室內足球時，明明對方是妳第一順位的對象，但我心裡其實不希望妳去。在對妳發出『我當備胎就行了』的信號時，我其實也很難受。」

「我好高興。」

早坂同學盯著我的臉說：

「桐島同學願意為我吃醋，這讓我好高興，這是為什麼呢？會很奇怪嗎？」

「不，這樣就行了。我也很開心早坂同學能為我的事感到嫉妒。」

彼此跟對方的備胎交往，往往也伴隨著對另一方第一順位的嫉妒。

這層關係就是如此扭曲。

「吶，桐島同學，我希望你更嫉妒一點。」

早坂同學這麼說著。

「踢室內足球的時候，我們身體時常撞在一塊呢。」

「慢著。」

「還一起跌倒，導致身體疊在一起喔。」

「我不太想聽耶。」

「大腿撞到的時候，他還溫柔地摸著我的腳問『會不會痛？』呢。」

「別繼續說下去了。」

「每當那樣的時候我都非常開心喔。」

「不錯啊，這樣挺好的！」

「桐島同學，你現在感覺怎麼樣？」

「已經快死掉了。」

早坂同學是我的女朋友，無論是擁抱還是接吻她都很樂意，這是她本人也期望的。不過這個女孩，這個本該喜歡我的女孩卻能在跟其他男人玩樂時感到幸福，讓我的心境有些複雜。

不過，備胎情侶交往就是這麼回事。

每當我對此妒火中燒的時候，早坂同學都會露出開心的笑容。

「桐島同學跟橘同學打情罵俏的時候，我也是這種心情喔。」

「抱歉。」

「沒關係的。因為我們的關係就是這樣吧？這也是我們互相喜歡的證據不是嗎？吶，桐島同學，我也想感到嫉妒，想更進一步。」

因為早坂同學這麼說，於是我將之前沒提到的雨天的事說了出來。

「橘同學曾經拜託我對她壁咚。」

「你做了嗎？」

「做了，她還說自己心動了。」

「不能隨便做出這種事啦！」

「當時橘同學的臉跟我貼得很近，我也心跳得很快。」

「是不錯啦，這樣是很好啦！」

早坂同學雖然嫉妒，但感覺似乎很開心。於是我用輪到自己出擊的感覺，將我跟橘同學之間的親密插曲說了出來。

「她在隔壁的音樂教室時，一定會彈奏我喜歡的曲子。」

「那是偶然！肯定是桐島同學的誤會！」

「午休我們會在社團教室裡交換便當的配菜。」

「我已經不想聽下去了……」

「橘同學好像下載了所有我喜歡的樂隊專輯。」

「那個我也要聽！」

每當我說起橘同學的事情，早坂同學都會用力握住我的手或閉起眼睛，又或者是挽住我的手臂。在那之後我們不斷炫耀著自己跟第一順位對象間發生的親密故事又不停地吃著醋，最後累得精疲力盡。

「備胎彼此交往真辛苦呢。」

早坂同學這麼說著。

「不過啊，是因為對方是橘同學我才允許的喔。要是其他女孩子做了這種事的話——」

「會怎樣？」

「嗯～我應該不會對桐島同學發火，而是會對那個女孩子發脾氣，說『別勾引我的男朋友』吧。」

「早坂同學對我太溫柔了。」

早坂同學「嘻嘻嘻」地笑了出來。

「不過桐島同學跟橘同學進展得很順利呢。」

「雖然是這樣沒錯。」

我將橘同學有訂婚對象的事，以及她不打算跟對方分手的事情說了出來。

這麼一來，我的對象就只剩下早坂同學了。不過——

「那個，早坂同學。」

「我知道。桐島同學是在擔心我會不會因為同情你而刻意放棄第一順位的對象對吧？不必擔心喔。」

「因為我知道桐島同學不希望發生這種事啊。」早坂同學如是說。

「桐島同學不願見到的事我也絕對不想去做。所以不會故意被第一順位的對象甩掉。我會實現桐島同學的願望，我想這樣就行了吧。因為我是桐島同學的女朋友嘛，我想為了桐島同學成為一個稱職的女友。要是有什麼希望我做的就說一聲，有什麼討厭的地方也告訴我吧。我會全部去做好、去改掉的。」

「啊、嗯。」

「等放暑假之後，我們就多約會幾次吧，去海邊、去看煙火，還有夏日祭典！」

早坂同學語氣十分亢奮地說著。

「然後，暑假期間我們要好好地當一對情侶，好好地創造回憶，好好地做些大家會做的事情喔。就算是備胎也無所謂，要好好把我當成女朋友喔。桐島同學想怎麼對待我都可以喔，畢竟你一直都對我很溫柔，也會在我困擾的時候來幫忙嘛。桐島同學、桐島同學、桐島同學、桐島同學、桐島同學。」

她用力握住了我的手，這令我感到了股沉重的壓力。或許是因為她臉上掛著清爽的笑容，才更讓我有如此感受吧……

「吶，桐島同學，我們是情侶對吧？」

「是、是啊。」

「既然如此，我希望你也對我做跟橘同學一樣的事。」

「妳是指剛剛提到的壁咚跟肘咚嗎？」

早坂同學「嗯」的一聲點了點頭。

「我是無所謂，不過地點要選在哪？要回學校去社團教室做嗎？」

「那裡有橘同學的氣味，我不太想去。」早坂同學這麼說著搖了搖頭。

「那麼要去哪裡？」

「本來想去我房間的，不過今天媽媽在家。」

我不懂她為什麼要在意這個。

「這麼說來，前面不遠處有一座神社吧？」

的確有間人煙稀少的神社。那裡的境內後方有座鎮守森林，那裡的樹木長得很茂盛。據說晚上會有情侶在那裡做那檔事。

「這麼做會遭天譴吧，而且或許會被人看見也說不定。」

「說得也是呢。」早坂同學露出害羞的表情這麼說：

「真令人心跳加速。」

◇

「妳只要看著我就好。」

我讓早坂同學站在巨大的杉樹面前，對她進行壁咚。

「嗯，我只會看著桐島同學。」

早坂同學毫無顧忌地抱住我，將全身貼了上來。自從走進神社境內之後，她就完全做好了準備。

『因為好久沒有兩人獨處了嘛。』

她這麼說過，其中或許包含了跟橘同學起爭執的反作用力也說不定。

「話說早坂同學，我流了很多汗耶。」

雖然是在樹蔭底下，但還是很熱。現在是蟬會叫個不停的季節，我的襯衫上沾滿了汗，不過早坂同學對此似乎毫不在意。

「我也流了汗啊。」

她這麼說著，完全沒打算離開我身上。我們的汗水混在一起，彼此的界線似乎也逐漸變得模糊。

「我好像滿喜歡壁咚的。」

「不，這不是原本的玩法。」

「是這樣嗎？」

「本來應該要突然出招，讓女孩子因為害羞偏過頭去。」

藉此來享受微妙的距離感。

「那麼，接下來換我來拉領帶吧。」

早坂同學用力拉扯我的領帶將臉湊過來。下個瞬間，她吻住我的嘴唇，甚至將舌頭伸了進來。

原本抓住我領帶的手最後也繞到我背上，變成互相擁吻的姿勢。

因為吻了很久，唾液從我們的嘴角滲了出來。

「我好像很喜歡拉領帶呢。」

「跟原本的完全不同就是了。」

「跟橘同學比起來怎麼樣？」

「不，我沒跟橘同學接過吻。」

「我想跟她比較看看。你能比較一下的話，我大概會覺得很舒服。」

總覺得早坂同學好像愈來愈奇怪了耶？

「吶，你比比看嘛。橘同學的壁咚是什麼感覺呢？」

「橘同學她……反應果然很快。」

「你心動了嗎？」

「……心動了。」

「是嗎。」

「是無所謂啦。」早坂同學表情開朗地說。

「你跟橘同學做了很多寫在推理社筆記本上的內容對吧，還有其他的嗎？」

聽早坂同學這麼問，我想了想之後做出回答：

「有一種叫做〈耳邊推理〉的遊戲。」

那是一種玩家彼此緊貼身體，在耳邊說出作品書名，互相猜出作者的遊戲。我沒將自己跟橘同學互舔耳朵的事講出來，尤其是更不該對已經打開開關的早坂同學說。

「我們來玩玩看吧。」

「早坂同學不怎麼看推理小說吧。」

「那就用國文課本上面的內容來玩吧。」

我們維持站姿，為了能在耳邊輕聲細語靠近彼此的側臉。

「《少爺》。」

「夏目漱石。」

「《要求很多的餐廳》。」

「宮澤賢治。」

互相出了幾個問題之後，早坂同學不解地偏過了頭。

「這個有趣在哪裡呢？」

「果然會這樣想呢。」

了更大的叫聲。穿著皮鞋的腳尖高高踮起，幾滴汗水從她裙襬下的大腿處流了出來。我想，流出的大概不只有汗水。

「早坂同學，差不多了吧。」

我們已經十分滿足，前所未有地好好親熱了一番。但是——

「桐島同學，我們多做一點嘛。」

早坂同學指的大概不是互舔耳朵，而是更進一步的事。

她的眼神已經渙散了。

「不，我們不是訂了只能到接吻為止的規則——」

「已經不需要那種東西了，因為我是桐島同學的女朋友對吧？」

「是啊。」

「不過，當橘同學繫著桐島同學的領帶，戴著桐島同學的耳機時，我就一直在想——」

「想什麼？」

「成為女朋友是怎麼一回事呢？只要告白就能成為女朋友嗎？但是那時的我跟橘同學沒有任何區別。明明當女朋友的人是我，卻一直輸給她。」

「才沒那回事。」

「不過，會這樣也是理所當然的。因為我一直沒有做一般身為女友該做的事嘛。」

早坂同學抓住我的手，並朝自己的胸部移動。

因為剛剛一直貼著我的緣故，早坂同學也變得滿身大汗。沾濕的頭髮看起來十分性感，連內衣都透出來了。

我任由早坂同學將我的手放在她胸前的膨脹物體上，對此她露出了開心的表情。

「不，等一下。退一百步來說，就算這是男女朋友該做的事，但這裡可是室外耶？」

「這樣才好啊。」

早坂同學將自己雙腿之間的空隙貼在我的大腿上說著。

「我覺得就算桐島同學跟橘同學待在一起也完全無所謂。但是呢，我還是希望你能夠記得我才是你的女朋友。所以啊，我想跟你做只有我才能做到的事。」

這麼說著的早坂同學語氣十分真摯。

「我現在想在這裡做。這不是在逞強喔，因為啊，我從剛剛就一直……」

「覺得身體很熱，快要忍不住了。」早坂同學用難以聽見的聲音這麼說著。

「桐島同學不想做嗎？」

我試圖想方法制止她，但在感受到早坂同學貼上來的身體之後，還是忍不住開了口：

「……是想做啦。」

「可以喔，我想為桐島同學做所有你想做的事。」

凌亂的襯衫，以及裙襬底下的白皙雙腿。

「我希望你能觸摸我的身體，摸遍我身上的每一寸肌膚。」

早坂同學整個臉紅通通的。

我放在她胸前的手上加重了力道，那份觸感透過布料傳了過來。

「啊，桐島同學……」

她發出了嬌羞的聲音，這使我也打開了開關。

早坂同學的反應十分可愛，表情不斷改變，發出煽情的叫聲。

我的手依序摸上了她的腰以及大腿。

「桐島同學……嗯嗯……」

我吻住了出聲央求的早坂同學。

她露出了我至今從未見過的表情及反應。因為想多看一點，我撫摸起她的身體。想看見更多只有我能見到的下流模樣，再來、再讓我多看一點。想讓她發出我從未聽過的聲音，帶著這種想法，我終於將手伸進了她的裙子裡。

「真的可以嗎？」

「嗯。我已經……」

就在這個時候。

她扔在地上的書包裡，傳來了手機響起的聲音。

「稍等一下喔。」

早坂同學蹲下身子將手伸進書包。

「我去關掉電源，因為接下來我不想被打擾。」

這麼說完後，早坂同學拿出手機，並在看到畫面的瞬間當場愣住。

「早坂同學？」

不管我怎麼呼喚，她還是動也不動地盯著螢幕看。

於是我悄悄地看了一眼她的手機畫面。

原來如此。

牧所謂的麻煩事是指這個啊。畢竟他是學生會長，更何況那傢伙跟我同個國中，也認識那個人，肯定是更早就聽說了這件事。

我也拿起自己的手機進行確認。

上面也收到了跟早坂同學同樣內容的訊息。

是早坂同學第一順位的對象，柳學長傳來的。

『我要轉去桐島的學校了，請多指教嘍。』

◇

「真令人不爽耶！」

午休的走廊上，牧表情苦澀地這麼說著。

「才剛來就突然大受歡迎被人吹捧也太狡猾了吧！明明我當著學生會長腳踏實地在累積人氣，卻被他轉學來一天就超車過去了，真讓人難以接受。」

柳學長才剛轉過來，立刻就在學校引起了話題。大家都在說他爽朗又帥氣。

「別這麼說嘛。牧國中時不也受了學長不少關照嗎。」

「這種事我當然知道。可是啊，身為學生會長的本大爺我！竟然被學妹當成介紹人！還說『你認識柳學長嗎？那麼要不要一起出去玩？記得也把柳學長叫來』，是有這麼過分的嗎？」

在得知我跟學長感情不錯之後，女孩子們也一窩蜂地跑來找我發問。像是學長喜歡的食物、中意的音樂，以及有沒有女朋友。

「明明加入了青年隊，卻因為受傷而放棄足球也是一大賣點啊，畢竟女孩子都很喜歡悲劇嘛。喂，桐島，你要上哪去？」

「我跟學長約好要帶他參觀學校。」

「連你都要去找柳學長喔。」

我拋下不停發牢騷的牧，前往三年級的教室。

因為學長身材很高，我馬上就找到了他。

「嗨，桐島。」

學長也朝我走了過來。

我們在走廊上漫步時，大家都盯著學長看。這使得站在一旁的我也有種變得很受歡迎的感覺。

接著我一一向他說明視聽教室跟福利社等各個學校設施。

「不過，您轉學得還真突然耶。」

「畢竟之前的學校只是為了方便參加青年隊訓才選的啊。」

這麼說來，那間學校還滿遠的。

「那裡也不適合應考。既然如此，我想盡早轉去上下學方便的升學高中。」

「還有暑期輔導呢。不過，學長已經對足球沒有眷戀了嗎？」

「沒有了。畢竟像我這種程度的人到處都是嘛。話說回來桐島，我不是一直叫你別對我用敬語嗎？」

「不，這實在很困難耶。」

當聊著這個話題時，我們忽然在走廊上撞見了不起眼模式的酒井。

「你就是轉校過來的柳學長嗎？」

酒井面對柳學長不僅完全不膽怯，態度也不怎麼客氣，這讓周圍的人有些吃驚。

「我有事要找你。」

「什麼事？」

「不過，有事的人也不是我就是了。」

仔細一看，才發現早坂同學正躲在酒井身後，悄悄地看著我們。

酒井推了這樣的她一把，讓她站到前面來。

「哦，是小早坂啊。」

柳學長舉起一隻手打了招呼。

早坂同學瞬間變得滿臉通紅。

「早安！」

她這麼向學長打起招呼，接著轉向我。

「桐島同學，早安！」

看來在最喜歡的對象面前，早坂同學會變得更加笨拙。

「學長正在請桐島同學帶路參觀學校呢！」

「小早坂，妳怎麼了？」

柳學長偏著頭說。

「感覺妳臉很紅耶。」

「是因為今天很熱！」

「講話還吞吞吐吐的。」

「是、是嗎，這是為什麼呢？是因為在學校看到學長很稀奇吧，啊哈哈。」

在說話的途中，早坂同學逐漸恢復了冷靜。

等早坂同學完全恢復正常以後，我這麼對她說道：

「早坂同學，妳要不要帶學長參觀學校？」

「咦？我？」

「我前陣子考試不及格，得去準備補考才行。」

「桐島同學考過不及格嗎？啊。」

她似乎發現了我的意圖，擺出一副「說、說得也是呢」的表情握緊拳頭。

「嗯，交給我吧，我會加油的。」

「那麼，我就先走一步了。」

我乾脆地豎起兩根手指，打算就此離開現場，不過——

「別說那麼不解風情的話嘛，我們三個一起逛吧。」

柳學長搭著我的肩膀。

「功課上有問題我待會再教你啦，就跟國中的時候一樣。」

「而且啊——」學長在我耳邊小聲地說。

「桐島，你其實喜歡小早坂吧。」

「不，沒那回事。」

「別害羞啦，交給我吧。」

別說什麼交不交了，我跟早坂同學早就有著備胎情侶這層穩固的交往關係，但由於學長他對此毫不知情，還說出了「那麼就拜託妳啦，小早坂」這種話。

最後我們三人一起在校內逛了一圈。

早坂同學搖搖晃晃地走在我們前面。

「就我看來，桐島你很有機會喔。」

「為什麼會這麼想？」

「小早坂她不是超害羞的嗎？那絕對是在在意桐島你啦。」

柳學長果然很遲鈍。

國中時他就是這樣。每當放學後我跟他一起在便利商店前吃冰時，總會有女孩子向他暗送秋波，學長看到之後都會這麼說：

「桐島，你還真受歡迎耶。」

受歡迎的人不是我。

不管什麼時候都很帥氣的人是學長，現在也是一樣。

如果走在身材高大學長身邊的，是態度拘謹的早坂同學的話，看起來應該非常登對吧。

其他同學看到了應該也會因為對象是早坂同學而毫無怨言地接受才對。

早坂同學第一順位的對象突然出現，讓我產生了早坂同學變得遙遠的感覺。不過事情本該如此，所以我用學長聽不到的音量，小聲地對早坂同學說了：

「我會替妳加油的。」

早坂同學則露出一如往常的笑容，用力握緊了拳頭。

「嗯，我會努力的！」

◇

「你是在自暴自棄嗎，感覺像個不良少年似的。」

酒井這麼說著。

這是發生在自行車停車場的事。當我莫名地不想進教室打算蹺課的時候，她正好發現了我。

「有什麼事嗎？」

「漫研的山中在找你，說是牧拜託他畫電影短片的分鏡稿，但不知道劇本該怎麼辦。」

是推理社夏季集訓的事。

「劇本大概會交給橘同學負責，等她比賽結束回到學校之後我會通知她。」

原以為話題會就此結束，但酒井臉上卻掛著不懷好意的笑容，站在原地沒有離開。

「最近的小茜實在冒失到讓人看不下去耶。」

「這邊才是正題嗎。」

「她在烹飪課上做了餅乾，你有收到嗎？」

「沒有。」

她高高興興地說要送給學長，看起來眼裡完全沒有我的存在。

「然後呢？她好好送出去了嗎？」

「當然沒有啊，這次她自己絆到腳摔了一跤。」

似乎是在發現學長的背影之後，跑去送出餅乾的途中跌倒的。

之後她還哭著對酒井說「我果然很沒用」。

「我也被迫陪她做了很多事，很辛苦耶。」

先是陪她一起去學長教室，後來又一起在放學路上試著向學長搭話。

「但就算到了教室就只是忸忸怩怩的沒有行動，放學路上搭了話只丟了句『再見嘍！』後就這樣跑掉了。」

「真有早坂同學的風格。」

然後——

「感覺她真的非常喜歡學長呢，果然第一順位的對象就是與眾不同。」

「這裡有個說著這種話的沮喪備胎男呢。」

「妳是來揶揄我的喔。」

「差不多吧。」

「但不光只是這樣。」酒井這麼說著。

「小茜她並沒有忘了桐島你喔。」

「是這樣嗎？」

「應該說是在意的不得了。讓小茜參加室內足球隊的人，是桐島你吧？」

沒錯。雖然我一直瞞著沒說，但這次她發現了我其實跟柳學長很熟，導致全部都露了餡。

「小茜又開始自言自語地說著『就算是為了第一順位的對象，我竟然又把桐島同學給拋下了，對不起、真的很對不起』了喔。甚至還啜泣著說『要是被討厭了怎麼辦』耶。」

「那只是我自作主張而已……」

早坂同學也會為了增進我跟橘同學的感情，而只留下一把雨傘。

正如早坂同學會為我著想，我也希望早坂同學能得到幸福。

「依照我的看法，小茜正感到混亂。」

「是嗎？在我看來她因為能跟第一順位的對象親近而很有精神耶？」

「那只是因為小茜在意桐島你，想照著桐島一開始描繪的劇本走下去才會這麼做的。只要第一順位的對象在場就必須以他為優先。我認為就是因為桐島跟橘同學進展得很順利，她才會覺得必須跟學長有所進展而勉強自己。」

「你仔細想想看嘛，她可是小茜喔？」酒井如是說。

「在跟桐島建立各種關係之後，幾乎已經放棄的第一順位對象卻突然出現在眼前，你認為小茜有辦法立刻轉換心情嗎？我想她腦袋已經快要爆炸、一片混亂了呢。」

「她明明不必那麼在意我這個備胎的心情的說。」

「這是因為在小茜心中，一開始決定的順位規則已經有了變化的緣故吧。」

「妳想說什麼？」

「就是只要桐島積極一點，小茜就會回到你身邊的意思。」

「我說啊。」

「哼——原來桐島不肯改變規則啊。那麼就算我去幫小茜跟柳學長牽紅線也無所謂嘍？」

「咦？」

「意思是支持她戀情的人不是只有你這個備胎而已。畢竟我也是她的朋友嘛，這麼做沒關係嗎？」

酒井試探性地這麼說，於是我回了一句「隨妳便」。

「真愛逞強，到時候後悔我可不管喔～」

酒井牽紅線的效果在放學後就立刻顯現了出來。

當教室裡只剩下我一個人的時候，早坂同學笑咪咪地朝我走了過來。

「學長來邀我了！說是想一起去新開的鬆餅店！」

「是這樣嗎？」

早坂同學態度自然地問著。

在鬆餅店裡的她並不像平常那般冒失，而是很順暢地跟我們交談著。

我在她身邊或許真的有效果也說不定。

聽著學長說話的早坂同學，側臉看起來確實就是個戀愛中的少女。不過當我們的膝蓋在桌子底下碰到時，她又會擺出害羞的表情看著我，接著立刻回想起自己是在學長面前，並試圖擺出若無其事的表情。

她的內心還真忙碌。

有的時候，她又會露出不解的表情看著我。

『為什麼我明明跟柳學長在一起，桐島同學也在這裡呢？』

她的表情像是在這麼說著。

早坂同學還不知道該如何應付這個狀況。

「桐島在睡覺的時候，我正在帳篷外面打包行李。」

「醒來時我因為找不到學長連忙跑出帳篷，不巧的是河裡飄來了根浮木，我又因為剛睡醒沒戴眼鏡，就把那個當成學長了。」

「於是他為了救我跳進了河裡。明明是個旱鴨子卻能為了救人跳進河裡，像這種男人可不多啊。」

「不，還是學長比較厲害，畢竟能從暴漲的河裡把人救出來啊。」

學長比較厲害啦。桐島才比較厲害。

我們在早坂同學面前這樣你來我往地如此爭論著，她從中途開始臉上就一直掛著陪笑的笑容，大概是因為腦袋當機了吧。

我想是因為心中對第一喜歡跟第二喜歡的情感混在一起才會這樣。

「因為這個緣故，我跟桐島是彼此的救命恩人。所以從國中開始就經常混在一起。」

雖然由於念的高中不同而稍微有些疏遠，但現在又是同一所學校了，自然能夠聊得起來。但我卻感覺有些不自在，大概是因為我跟早坂同學的關係既不自然又不健全的緣故吧。

「那麼，我還有事先走了。」

學長站了起來。

「剩下就請兩位慢慢來吧。」

接著說完這句話，學長就連我們的份一起結完帳離開了現場，真是機靈耶。

我原本也打算找個機會讓早坂同學跟學長獨處的。

「最後還是變成平時的約會了。抱歉，沒能好好幫妳找機會。」

我這麼說著，但早坂同學只是一語不發地低著頭。

「怎麼了？」

「……該道歉的人是我。竟然把桐島同學帶到我跟柳學長都在的地方。冷靜想想，這是非常過分的事吧。」

「沒關係啦，早坂同學至今也幫了我很多忙不是嗎。」

「……可是，我並不想讓桐島同學遇到這種事。」

「我真是差勁呢。」早坂同學泫然欲泣地說著。

「早坂同學一定只是累了吧。」

在那之後的一段時間裡，早坂同學依然沉默地低著頭。

外頭下起了陣雨。我手肘倚著桌子，眺望著逐漸被雨淋濕的街道。

待雨勢停下，太陽從雲間探出頭來時，早坂同學抬起頭來。

用讓人看了會感到心痛的笑容開了口。

「我——會在休業式那天向學長告白。」

◇

碰運氣的告白是註定會失敗的。

或許有人會覺得很有戲劇性，但其實這就像是中途放棄比賽一樣。

休業式結束後，我獨自一人坐在教室的座位上。

為了向學長告白，早坂同學現在正前往三年級生的教室。

幾天前，我們曾經在咖啡廳討論過關於這次告白的事。

「實在非常吃力呢。」

早坂同學注視著紅茶這麼說。

「要把跟學長在一起時的我，跟在跟桐島同學相處時的自己做出區別。」

「果然很困難嗎？」

「在學長面前，我會擺出一副自己沒有男友的態度，但其實我正在跟桐島同學交往。學長在其他學校的時候還好說，但現在非常辛苦，總覺得自己就像變成了兩個人一樣。」

我們三人在一起時她似乎特別混亂。

「看來我當不了女演員呢。」

「嗯，妳的確不擅長演戲。」

早坂同學完全不管我說的話，自顧自地說了下去：

「所以我才要告白。」

「再這樣下去，感覺我會變得不對勁的。」

「我不是為了故意被甩掉才去告白的，而是自己想這麼做。所以桐島同學應該不會覺得討厭吧？」

我一句話都說不出口。因為她是個一旦下定決心，無論如何都不會改變主意的人。

接著到了休業式當天，我才在這裡等待早坂同學的告白結果。不過——

她這次的告白大概不會成功。

學長以為我喜歡早坂同學。因此為了我著想，他絕對不會接受早坂同學的告白，學長就是這種人。

說得直接一點，早坂同學被甩掉對我反而比較好。因為這麼一來，我就一定能跟她或是橘同學的其中之一交往。

早坂同學將會徹底變成我的保險，讓我完全不可能失戀。

最重要的是，這樣我就能將那個喜歡擁抱撒嬌，討人哄可愛的早坂同學留在身邊。

有這種想法的我實在很狡猾。

不過，我還是起身走出了教室。

打算去阻止這場告白。

我希望早坂同學得到幸福，所以就算對我沒有好處，我還是應該阻止這場成功率近乎為零的告白。

就告訴學長「其實我有其他喜歡的人」吧。

只要解開誤會，學長就很有可能喜歡上早坂同學。

說起我為什麼要做到這種地步，大概是因為我是真心喜歡早坂同學的緣故吧。

喜歡到願意幫她跟其他男人湊成一對。

不過之所以會願意幫忙，果然是我仍然把她當備胎看待的緣故也說不定。

如果是第一順位，我應該就無法這麼冷靜地幫助她了，這件事讓我覺得有些哀傷。

抵達三年級的教室之後，我見到了早坂同學。

她站在走廊上，把手放在胸前做著深呼吸。

「桐島同學？你怎麼了？」

當早坂同學注意到我的時候。

柳學長正好走出了教室。

「咦？」

我跟早坂同學同時發出叫聲。

這是因為學長身後走出了一位意外的人。

「這不是社長嗎？」

是橘同學，她似乎參加完比賽了。

她疑惑地來回看著我跟早坂同學。

「怎麼了嗎？」

「不，我才想問橘同學呢。」

見到我驚慌失措的模樣，柳學長不解地偏著頭。

「桐島，你怎麼了？」

「學長，你認識橘同學嗎？」

「哦哦。」

學長看著橘同學搔了搔頭。

「我可以說嗎？」

聽學長這麼問，橘同學回了一句「無所謂」。因為她沒有使用敬語，足以看出兩人已經認識了很久。

我有種不好的預感，不想繼續聽下去，想要逃離這裡。有些事情還是聽別人轉述比較能接受。

橘同學雖然看著我的方向，但視線卻一直盯著地面。有別於平時的冷淡，她的態度似乎帶著些許歉意，這令我更確信自己的預感是正確的。

給我時間做好心理準備吧。

我全力動起腦筋，思考能夠逃走、或是岔開話題的方法。只要給我一點時間——

雖然我這麼想，但學長卻乾脆地說了出來：

「她是我的訂婚對象。」

「咦？」

「我們兩個將來會結婚。」

學長跟橘同學將會結婚。

都說得這麼明白了，我又能說什麼呢？

「也就是說，那就……………恭喜兩位？」

「就說還早了。」

我的腦袋跟不上變化。

橘同學在其他學校的訂婚對象是柳學長。

這麼一來，會怎麼樣呢？

我該怎麼辦才好？

應該完成漂亮的四角關係，讓我跟橘同學呈對角線嗎？

此時我往旁邊一看，發現早坂同學露出了柔和的笑容。

是腦袋也變得一片空白了吧，她一臉看開的樣子，大概是覺得這麼做比較輕鬆吧。

「話說回來，我收到了牧的邀請。」

學長還是老樣子。

「聽說你們拍電影短片的人手不足？沒問題，我也來幫忙參加夏季集訓，小早坂也一起來吧。」

早坂同學依然掛著佛祖般的笑容。

我雖然也想動腦，但集訓之類的事我完全聽不進去。

首先我必須整理情況。

這時候就該反覆做些平時會做的事來平復心情。

回家之後就來削鉛筆吧。

等到把十二枝鉛筆削尖之後，我應該就能恢復冷靜了。

我是這麼想的。

第6.5話　早坂茜

早坂茜跟酒井正在咖啡廳聊天，內容是像暑假要去哪玩之類無關痛癢的話題。

「小茜，妳原本會喝黑咖啡嗎？」

「嗯，為了讓自己喝得了，我正在練習。」

「原本明明只喝紅茶的說……是受了誰的影響啊……」

酒井挑起一邊的眉頭說著，這時早坂將兩份砂糖加了進去。

「話說回來還真令人驚訝，沒想到橘同學竟然跟柳學長訂了婚。」

「嗯，我知道的時候也嚇了一跳。好像是兩邊家長決定的。」

「小茜打算怎麼做？」

「我？就維持現狀，我不會放棄的。因為就算訂了婚，他們也只是高中生嘛。」

「確實，不必著急可能也有機會，畢竟這年頭好像也不太會去強迫履行家族訂定的婚約。」

「就是說啊。」早坂語氣激動地說著。

「更何況，要是我跟柳學長順利的話，桐島同學也能得到幸福。」

「這麼說來，那個四眼田雞喜歡橘同學呢。」

「小文妳知道嗎？」

「嗯，算是知道吧。」

「是嗎，連小文都看得出來桐島同學喜歡橘同學啊。」

「我得加油才行了」早坂這麼說著。

「要是我進展順利，橘同學就能恢復自由了。這麼一來，桐島同學就能夠跟橘同學交往。桐島同學會不會為此感到高興呢？桐島同學會不會為此露出笑容呢？為了桐島同學，我必須變成一個更好的女孩子才行。」

「小、小茜？」

「怎麼了？」

「……不，沒什麼。」

酒井搖了搖頭。

「那麼，妳會參加推理社的夏季集訓嗎？」

「會參加啊，小文應該也被邀請了吧？」

「牧叫我去演戲。」

「一起去嘛，拍影片感覺很有趣耶。」

「……是無所謂啦。」

「總覺得有點擔心。」酒井小聲地說著。

「不過真是意外，沒想到桐島跟柳學長感情這麼好。」

「就是說啊，他們之間有著相當深厚的友誼呢。」

早坂似乎很開心地陳述著桐島掉進河裡差點溺水的小插曲。

「桐島同學真的很厲害對吧?既溫柔又有勇氣。雖然外表很有知性,但其實很多地方冒冒失失的,感覺很可愛吧?還有啊,桐島同學其實——」

「小茜。」

酒井開口打斷了她的話。

「……小茜妳喜歡的人是誰?」

「當然是柳學長啊,妳也知道吧。」

「妳喜歡柳學長的哪些地方?」

「咦,當然是很多地方啊。」

「都知道了還這樣子問讓人很困擾耶。」早坂這麼說著。

「像是踢足球時很認真,或是會若無其事地表現出溫柔的一面之類的地方。還有,大家都說他長得很帥,我也是這麼想的。妳看嘛,像是眼角……咦?」

早坂忽然偏了偏頭。

「嗯——柳學長的臉長怎樣啊?啊哈哈,我最近狀況不太好呢。總之,我喜歡的人是柳學長,必須好好加油才行……」

第7話 我當備胎女友也沒關係

八月上旬的早上，我們搭上了前往箱根的特快列車。

這是為了參加推理社的集訓。

參加的成員有身為社員的我跟橘同學，以及作為特別來賓的早坂同學、酒井同學跟柳學長、負責分鏡跟演出的漫研社員山中同學、擔任導演的學生會長牧，以及社團顧問三木老師。總之就是將所有能挖到的成員都湊了過來。

「學長，這樣真的好嗎？」

在列車一邊兩列的座位上，我這麼向身旁的柳學長問道。

「明明還要準備考試的說。」

「放個兩、三天假無所謂啦，而且我姑且也帶了念書會用到的東西來。」

學長有些害羞地說著：「更何況——」

「我想跟小光里創造一些回憶。」

學長用橘同學的名字「光里」來稱呼她。

而那位橘同學和早坂同學坐在兩排座位前的位置，兩人正針對接下來要拍攝的劇本聊個不停。

「橘同學寫的劇本，完成度很高呢。」

「是這樣嗎？」

「桐島同學在第一個場景就死掉，是牧同學的主意嗎？」

「只是我想這麼做罷了。」

「這樣不會有點可憐嗎？」

「那個社長只有演屍體才能派上用場。」

聽起來像是在說我壞話，不過早坂同學跟橘同學感情融洽是件好事。

「桐島，謝謝你啦。」

「不會，想出這個企畫的人是牧。」

「就算是這樣也一樣。」

學長轉學過來的真正理由是為了橘同學。

雖然作為未婚夫，學長每個月都會跟橘同學見一次面，但幾乎沒有時間跟她相處。所以才想在結婚之前，跟她共度一段日常時光。

「起初我也是被交待要跟她打好關係才跟她見個面的，當時的她給人的感覺非常冷淡。」

學長這麼說著，我則是因為怕被本人聽到而有些慌張。

不過橘同學似乎正因為在車站買的點心很好吃，而跟早坂同學聊得很起勁。從這點來看，兩人就像是一對普通的女高中生。

「但跟她見面好幾次之後，我對她的印象有了改變。那孩子打算為了母親接受這段姻緣，說自己是被母親一手帶大，所以不想再讓她吃苦。想法意外地傳統對吧？」

學長很少像這樣談起自己的私事。

我隱約能想像得出來他接下來要講的話，而我不太想聽。雖然很希望有人能來轉移話題，但酒井跟山中同學的座位離我們有點遠，而坐在我們前排的小三木跟牧也不知為何一直不在座位上。

「然後當我回過神來──」

學長終於講出了那句話。

「我就喜歡上她了。」

我立刻瞄了一眼坐在前面的早坂同學的反應，因為我不希望她聽見學長說的這句話。幸好，早坂同學正攔下進行車內販售的推車並買了大量的零食，她究竟打算吃多少啊？

跟訂婚與否無關，柳學長就是喜歡橘同學。

聽到他親口說出來，讓我非常地有實際感受。

我們真的形成了漂亮的四角形。

「學長，你真的不加入推理社嗎？」

「我就不必了。包含轉校在內的事情我有點太硬來了，目前正在反省。」

「可是放學之後，我們會兩人獨處喔。」

「是桐島你的話我很放心，你不是會對女孩子做出奇怪行為的人吧。」

「是這樣沒錯。」

學長他不知道，其實我跟橘同學有著兒時約定這張最強力的王牌，而且最近還一起在社團教室裡玩了些可疑的遊戲。

他無條件地信賴我，但我卻有事瞞著他。

「我算是單戀吧，就想像這樣盡可能離她近一點。」

學長本來還想說些什麼，但又停了下來眺望起車窗外的景色。

回過神來才發現橘同學跟早坂同學也安靜了下來。應該是在認真品嘗剛買來的點心吧。

我戴起耳機聆聽音樂。

不久之後，早坂同學跟橘同學離開座位朝我們走了過來。

「怎麼了？」

我拿下耳機這麼問，早坂同學回答了我：

「我們打算去找在車內賣東西的推車，因為還是想吃冰淇淋嘛。」

「咦？剛剛不是已經吃很多了嗎？再這樣吃下去會變胖——」

「桐島同學，你說了什麼嗎？」

不，什麼都沒說。

橘同學則是一語不發地離開前去尋找推車了。

「我知道那女孩並不喜歡我。」

等橘同學她們走進隔壁車廂之後，學長這麼說著。

「但我打算等她。」

「等到她喜歡上你嗎？」

「沒錯。要是她說不想被男人碰，那麼我會一直等到她願意讓我碰為止。我想在不對她造成困擾的情況下待在她身邊，我就是這麼喜歡她。儘管利用身為訂婚對象的立場有點遜就是了。」

學長跟我是兩個極端。

他能毫無保留地對最喜歡的女孩投注好感，絲毫沒有放棄或是對單相思可能無疾而終有所擔憂這種消極念頭。

與此相反，我則是否定了純愛幻想，對現實主義的備胎關係保持肯定。雖然我至今還是維持這個想法，但只要看著學長，就能理解大家為何會對純愛有所憧憬，老實說有點耀眼。

「一定沒問題的。」

我發自內心地說。

在得知橘同學的未婚夫是學長之後，我內心已經放棄了。

我的確感覺到了來自橘同學的好感，但像是她家裡的情況，以及我跟柳學長的交情，能造成影響的要素實在太多了。

所以在集訓前，我跟橘同學曾經針對這件事討論過彼此的關係。

結果導致了她現在不太搭理我。

「橘同學跟學長一定能進展順利的。」

「謝啦。桐島你果然是個好人，要是遇到什麼困擾記得跟我說一聲，我絕對鼎力相助，畢竟我們是能賭命拯救彼此的關係嘛。」

學長用和藹的笑容這麼說著。

沒問題的，我原本就預設自己不能跟最喜歡的人交往。無論是什麼理由，都只是結果如同預期罷了。

由於情況如我所料，我一點也不覺得消沉。既能夠徹底放棄，也完全不覺得遺憾，一點問題都沒有。不如說我反而很感謝自己能夠從愛上有未婚夫的女孩這種麻煩的情況中脫身呢。

「話說回來桐島，你從剛剛就一直在吃巧克力棒耶。」

「啊，你說這個嗎？」

腿上到處都是銀色的包裝袋，這是我在車站商店買來解饞的。

「你吃太多了吧？」

「總覺得沒有味道，感覺不像在吃東西。」

學長拿起一根巧克力棒塞進嘴裡。

「不，很正常地有巧克力的味道喔。」

「是這樣嗎？感覺有點味道不夠。是因為餅乾部分沒有沾濕的緣故嗎。對了，就是必須沾濕才對，得弄濕才行。我還要，還要吃更多……」

「桐島？」

我朝疑惑的學長瞥了一眼，接著繼續吃起味道不夠的巧克力棒。

「就算學長是她的未婚夫，你也放棄得太快了吧。」

牧這麼說著。

「不過嘛，我也從國中起就受了柳學長不少照顧，所以能夠理解桐島你的想法。可是啊，橘是你真正的初戀對象吧？」

「是這樣說沒錯啦。」

這天晚上，我跟牧一同泡進了露天溫泉。

第一天完全沒有進行拍攝，只是去了美術館、品嘗溫泉饅頭，以及觀光箱根而已。之後我們回到旅館享用晚餐，現在來泡溫泉。

「根據你的說法來看。」

牧說道。

「你只要去拜託橘取消婚約感覺就行了耶？要不要試試看？」

「我既不會這麼說，也沒有這個打算。」

「為什麼？」

「我覺得這樣很不負責任。」

的確，我跟橘同學之間有著小時候立下的約定。只要抓住這點，橘同學是有可能因為一時的衝動選擇我，可是——

「一旦解除婚約，橘家將無法維持現狀，這麼一來也會對橘同學的未來造成影響。」

當她恢復冷靜，或許會感到後悔也說不定。

「不，這只是高中生的戀愛吧？就說你想太多了。」

「但是這很重要。」

我不希望橘同學變得不幸。

「而且，我還是無法背叛學長。」

「嗯，既然桐島你這麼說，那大概就是這樣吧。而且橘同學感覺也跟學長處得很好。」

在箱根觀光時，橘同學一直都跟在學長身邊。

在旅館包廂吃晚餐的時候，她也是主動坐在學長身邊。見到平時個性冷淡的橘同學做出這種行為，柳學長也十分驚訝。

「桐島你該不會打算主動疏遠橘吧？」

「我們兩個說好要這麼做的。」

「喂喂……竟然還有這種事喔？」

「這已經決定好了。」

這是距離現在一週前發生的事。

自從放暑假之後，推理社一次都沒有進行社團活動。

但是那天我跟橘同學來到社團教室集合。

這是為了構思要在集訓時拍攝的電影短片劇本。

許久未見的橘同學還是一如既往地適合制服打扮，看起來十分清爽，感覺就像是夏天的碳酸女孩一樣。原本以為會像是寶礦力水得廣告那種氣氛一樣令人湧現出想談戀愛的衝動，但我們馬上就起了爭執。

「我覺得易位構詞比較好。」

「不對啦橘同學，這裡得用敘述性詭計才行。」

爭論點是關於要在電影短片中使用的推理手法。

我跟橘同學有著共同的興趣，像是深夜電台跟推理作品之類的。

但喜歡的項目並不一樣。橘同學喜歡的電台是日本電台，而我是文化電台；橘同學喜歡的推理作品類型是易位構詞，我則是敘述性詭計。

「我只想拍易位構詞。」

橘同學偏好的易位構詞，是一種用文字進行的詭計。

這種手法會秀出意義不明的文字排列，將其中的文字替換後就會揭露故事中的重要事實。

「可是橘同學，妳該怎麼在影片中使用易位構詞呢？」

「首先會準備一個醉漢吧。」

「感覺會變成很新穎的故事呢。」

「劇中那名醉漢一直都醉醺醺的，並且像是說夢話似的不斷說著『藤酢圓粥』。」

「藤酢圓粥？」

「順序調換一下就是，圓、藤、粥、酢。真凶的名字就叫遠藤周作，而那名醉漢一開始就猜到是這人了。觀眾看到這裡就會覺得『可惡，被擺了一道』不是嗎？」

「會這樣嗎？」

「片名就叫做《醉漢偵探》了呢。」

這樣的確也能叫做易位構詞，不過橘同學比想像中還要廢柴耶。

「不，還是別這麼拍吧。」

「為什麼？那個醉漢其實有個悲慘的過往。他曾經在一流企業工作，但卻在升遷競爭中落敗，還被女朋友甩掉，導致開始酗酒跟吃安眠藥——」

橘同學開始講述沒有用的詳細設定。

「不不，橘同學，易位構詞在影視作品中果然缺乏衝擊性。」

「照這麼說的話，社長喜歡的敘述性詭計也只能用在小說上喔？」

「如果是說女孩子以『在下』來自稱，或是老人家裝年輕的那種套路的確如此啦。不過也有那種故事時間順序調換的作品，拍成電影大受好評的案例喔。」

敘述性詭計的本質是將讀者和觀眾的誤會加以利用，這麼一來在真相大白的時候，觀眾才會對自己的誤解恍然大悟。

「因為這樣，第一幕就要出現屍體。」

「先讓屍體躺在地上，是推理作品的慣用手法呢。」

「正是如此，然後之後再這樣那樣。」

「嗯嗯。」

「於是事情變成了這樣，犯人會再這麼做。」

「原來如此原來如此。」

「——事情就是這樣。」

「哼嗯——不過，就電影短片而言這樣或許剛好吧。」

橘同學抄下故事大綱之後這麼說著：

「我明白了，就用敘述性詭計吧。不過相對的，人物的名字跟詳細設定得由我來決定。」

「沒問題。」

劇本的方針就此決定。

問題在於之後發生的事。

「社長，難得都聚在一起了，來玩這個吧。」

橘同學擺在我面前的，依然是那本《戀愛筆記》。

「我還想多嘗試各方面的事。」

「不行。」

「社長真不上道。」

「我是個會對不該做的事情說不的男人。」

「是嗎，那就算了，我不會再拜託你了。」

橘同學一如往常地收拾東西，準備走出社團教室。

換作平常我這時就會阻止她並開始玩起遊戲，但我並沒有開口制止，所以橘同學在開門之前回過頭，並朝我直直瞪了過來。

「社長，你真的不玩嗎？」

「不玩。」

「為什麼？」

「妳心知肚明吧？」

「未婚妻不能跟人親熱嗎？這是誰規定的？」

「這招對我沒有用了。」

橘同學已經累積許多經驗，早就不是個戀愛初學者了。

「……是因為我的訂婚對象，是社長重視的學長嗎？」

「就是這樣。」

接下來的一段時間內，我們一語不發地看著彼此。

至今我們在許多事情上都假裝自己很遲鈍，並享受著彼此微妙的關係。但已經無法繼續裝作沒看到了。就好像太陽下山後就該回家一樣，能保持曖昧嬉鬧的時光已經結束了。

橘同學無法背叛母親。

我無法背叛柳學長。

既然這樣，結論就只有一種。

「我也覺得很對不起柳。也想過要是自己能夠喜歡上他，願意被他觸碰就好了。」

「可是呢──」橘同學繼續說著：

「我還是只願意讓社長碰，也只會對社長感到心動。雖然我已經下定結論認為無可奈何了，但看來社長不是這樣呢。」

「抱歉。」

「是無所謂……可是，你小時候喜歡過我對吧？」

「初戀總有一天會結束。」

「是嗎，看來你不肯犧牲周遭的一切來選擇我呢。」

「算了，我也不喜歡社長。」橘同學這麼說著。

「只是對戀愛是什麼有點興趣罷了。」

「我要回去了。」橘同學說完之後朝著門外走去。

但臨走之前她再度回過頭來，用清爽的表情開口說著：

「沒問題的。無論是兒時的約定，還是我們之間的回憶，我會全部都當沒發生過。」

「再見了，在乎學長的桐島同學。」

◇

初戀不會實現。到此為止都是常見套路，所以說——

「這樣或許也好吧。」

牧這麼說著，我跟他都在溫泉裡泡了很久。

「不過啊，早坂她打算怎麼辦。」

「雖然她好像還沒放棄學長……」

她曾經說過「我會加油的」。

「……不過，我認為已經沒戲唱了。」

早坂同學不是會追求有未婚妻的男人的那類人。

「嗯，說得也是。她也不是個會橫刀奪愛的女孩子。」

也就是說，我已經確定會跟早坂同學湊成一對了。

「總覺得像是一切都在預料之中呢。」

「這樣就行了吧，畢竟原本就是為了這個目的才制定的計畫。」

「意思是事情都各自回到了正軌，是嗎？」

「重要的是過程。」

就算結果還是跟備胎成了一對，但還是有必要對最喜歡的人完成想做的事，了結遺憾之類的來整理心情下定決心。

這對我、對早坂同學，我想甚至對橘同學而言都是必要的。

「這場集訓就是為了完成這個目的的中間儀式。」

「人在遭逢某些經驗之後改頭換面，那種所謂的洗禮嗎。」

當這場集訓結束之後，我跟早坂同學，橘同學跟學長一定能夠完美地成為一對。

「不過，真的會這麼順利嗎？」牧這麼說。

「人類的感情終究不是拼圖，未必能夠好好地湊在一起喔。」

◇

「那麼，開麥拉！」

牧一邊轉動家用攝影機，一邊比了個手勢。

抵達箱根後的隔天早上，我們終於著手進行起原定目的的電影短片拍攝。

「毫無疑問，這個人百分之百已經死了。」

戴著橡膠手套的橘同學將手放在我的脖子上這麼說著。

我負責扮演的是大浴場的屍體。

「不過真的已經死了嗎？嘿、嘿。」

橘同學飾演的是個危險的角色。雖然她能好好享受是最重要的，但從她打在我身上的拳頭力道來看，總覺得似乎參雜著她個人的感情。

接下來我又被用蓮蓬頭澆上了熱水，這是為了混淆死亡時間的作業。不過既然是在拍電影，用冷水應該也沒差吧？

「很燙嗎？大概不會覺得燙吧，畢竟已經死掉了嘛，呵呵呵呵！」

最後我被塞進營業用的米袋裡，從旅館後方的斜坡扔了下去。

「好，卡！」

牧的聲音響起，第一個場景就此拍攝結束。

「沒事吧？」

休息時間，早坂同學朝我跑了過來。

我坐在旅館後院的折疊椅上，檢查著剛剛滾下斜坡時撞到的部位。雖然有點痛，但似乎沒有瘀青。

「剛剛的場面是敘述式詭計？」

「沒錯。只要從這個場景開拍，觀眾理所當然地會以為我是被橘同學殺掉的吧？」

不過真凶另有其人，橘同學只是幫忙處理屍體罷了。接下來橘同學會為了保護柳學長這個真正的凶手，執行更進一步的殺人。

「橘同學好厲害，居然會寫劇本呢。雖然取名風格有點微妙就是了。」

「我想我的角色名稱會叫做霧山麒麟寺，是因為我喜歡一個叫做麒麟寺的樂團。」

「那麼，柳學長的角色名稱為什麼叫石倉森下呢？」

「應該是學長最喜歡的足球選手的別名吧。雖然已經退休了，但日本代表中曾經有個被稱為森下的選手。」

酒井叫做湧井果油，山中同學則是帝塚山貝雷坊。

「那我為什麼叫做志子呢？沒有頭緒耶。」

「這麼說來，橘同學曾經用大胸部的女孩子來稱呼早坂同學呢。」（註：日文的「志」可以與「胸」同音。）

「只有我是因為胸部？總覺得無法接受耶！」

早坂同學半開玩笑地生起氣來，不過表情立刻就恢復了平靜。

她的視線正看著不遠處的柳學長，他正跟橘同學坐在一起。

因為橘同學打不開寶特瓶的瓶蓋，學長幫她轉開之後遞了過去。

感覺上氣氛不錯。

「妳喜歡柳學長嗎？」

聽我這麼問，早坂同學輕輕地點了點頭。

「跟我想像中的一樣，學長非常溫柔，還很體貼。不過，他身邊已經有橘同學了呢。」

「橘同學真狡猾呢。」早坂同學這麼說著。

「學長跟桐島同學都對她有好感，簡直就像是生來就注定要當第一順位的女孩子。」

「早坂同學也是很多人第一順位的對象啊。」

「或許是這樣沒錯，但跟橘同學相比還是不一樣。橘同學是特別的。吶，你知道橘同學的生日嗎？」

「一月一日。」

「沒錯，橘同學是一年中的第一天出生的人。沒有人能比得上，也贏不了她。」

「但是我會加油的。」早坂同學握緊拳頭舉到面前這麼說著：

「我會想辦法讓學長喜歡上我。」

直到不久之前，她還因為兩邊的喜歡交織在一起而陷入混亂。但橘同學的未婚夫就是柳學長這件事似乎對她造成了衝擊療法的效果，使她稍微振作了起來。不過——

「記得別太勉強喔。畢竟妳本來……就不是會做這種事的類型。」

「別擔心，換作平時的我大概也做不到吧。不過，這次不一樣。」

「為什麼？」

「因為我有點看不慣橘同學。」

早坂同學說出了以她而言很罕見的重話。

「因為她明明不打算跟學長分手，卻還做出了讓桐島同學誤會的舉動。」

早坂同學似乎很討厭自己的男友被人隨便對待。

「所以說，這是我稍微燃起的競爭心，這次我不會客氣了。啊哈哈，感覺我就像一個討人厭的女孩子呢。不過沒問題，我做得到。畢竟對桐島同學來說，學長跟橘同學分手也比較好嘛，交給我吧。」

早坂同學現在的情緒，看起來是圍繞著我跟橘同學打轉。

這讓我有點擔心她會不會迷失了自己真正的心情。

「啊，橘同學在跟學長卿卿我我的。」

仔細一看，才發現橘同學正在用毛巾擦拭著柳學長額頭的汗水。

早坂同學看了一陣子之後，轉頭朝我看了過來。

「吶，桐島同學，我們來接吻吧。」

「咦？」

「我想在不被大家發現的情況下，現在立刻接個吻。」

雖然我認為這麼做很不妙，但早坂同學的表情很認真，令我直覺體悟到這下逃不掉了。

「畢竟他們兩個都變成那副德性了，我們也來接個吻嘛。」

早坂同學目不轉睛地看著我。

繼續爭論下去可能會被人聽見，我連忙吻了早坂同學。

「做壞事真令人開心呢。」

早坂同學的表情充滿情慾的感覺，逐漸往不好的方向邁進。

不過立刻就恢復成原本帶點稚氣的表情，並開朗地開了口：

「我會加油的，直到最後都會以備胎女友的身分好好努力喔。」

◇

拍攝在太陽逐漸升起之際結束了。

初次剪輯在傍晚告一段落，於是決定舉辦電影短片的放映會。牧這個男人真不愧是學生會長，動作非常迅速。

我們用投影機將電影短片播放在宴會大廳的布幕上。

在那之後，我們又拍攝了許多場景。期間早坂同學找了許多辦法嘗試接近柳學長。

『我會加油的。』

儘管早坂同學這麼說，但她果然還是老樣子既笨拙又冒失，結果什麼都沒能做到。

為此她不斷地「對不起、對不起」向我道著歉。

現在早坂同學正老實地坐在我身邊的榻榻米上。她的前面坐著學長，而橘同學則是抱著腿坐在學長身邊。

「很好，開始吧！」

牧說完之後，房間便暗了下來。

接著山中同學操作起電腦，開始播放電影短片。

緊接在《迴旋踢偵探Q的溫泉推理》這個片名之後，冒出了製作人員名單的「導演・牧翔太」幾個大字，讓大家笑了出來。

我並未看著畫面，只是一味地盯著前面的橘同學看。她將頭髮盤起，露出了白皙的頸項。

「因為有善加利用旅館這個舞台，我想應該會是個不錯的宣傳才對。」

「確實呢。」

柳學長跟橘同學正小聲地如此交談著。

片長十五分鐘的電影短片很快就迎來了劇情高潮，來到了拍攝時大家對橘同學演技感到驚豔的最後一個場景。

橘同學從頭到尾都在包庇柳學長這個真正的犯人。在這件事被飾演偵探的牧看穿後，她在前往警察局自首之前，向柳學長做出了愛的告白。

因為橘同學的演技太過逼真，在場的大家都產生了她真的在向柳學長告白的錯覺，學長本人也露出了感動不已的表情。

我打算透過銀幕再次仔細觀看那個場景。

當即將進入最後一個場景之前——

早坂同學握住了我的手。

『我就在你身邊喔。』

彷彿就像是在這麼說。

趁著房間昏暗，我也回握住早坂同學的手。

銀幕上出現的是表情哀傷的橘同學，她動起薄嫩的嘴唇開口說著：

「我喜歡石倉森下。無論發生什麼事，今後我也會永遠愛著你。」

學長飾演的石倉森下在聽了這句話之後，說了句「謝謝妳」並流下淚來。

兩人的表情跟台詞已經超越了演技的範疇。

看起來就像是橘同學真的做出告白，學長做出了回應一樣。

在電影短片播放結束後，留給人一種就像是剛看完愛情片般的餘韻。

這應該就是橘同學的答案吧。

我收下了她透過畫面傳達的訊息，並悄悄地藏在心底。

◇

每個人對煙火的喜好都有所不同。

早坂同學喜歡色彩鮮豔的種類，橘同學則是喜歡簡單一點的。

這天晚上，我們正在旅館中庭放著煙火。

這是三木老師事先準備好，讓我們用來當作夏天回憶收尾用的。

我們各自按照喜好挑選了手持煙火，眺望著噴出的火光。

大家很自然地分好了組。

橘同學跟柳學長、酒井跟山中同學、三木老師跟牧，然後我跟早坂同學一組。

「能夠完成真是太好了。」

早坂同學這麼說著。

「《迴旋踢偵探Q的溫泉推理》。」

「這麼說來，片名確實是這個。」

「雖然注意力全都被橘同學向學長告白的橋段吸引了呢。」

橘同學跟學長一起蹲在有段距離的地方玩著線香煙火，互搶煙火的兩人看起來就像一對情侶。

「好像沒有我介入的餘地呢。」

早坂同學如是說。

「一開始我還以為橘同學是打算透過那麼做來引起桐島同學的嫉妒心。可是，你們在這次集訓根本沒有對上眼呢。」

「是啊。」

「她好像已經對桐島同學失去興趣了。」

「是啊。」

就在這個時候。

橘同學跟學長的交談聲傳了過來。

「垃圾袋在這裡。」

她一邊這麼說，一邊拉住了學長襯衫的衣角。

兩人並未直接接觸。

但是，這對那個橘同學來說已經算是非常大的進步了。正因為學長也很清楚，才會露出那種既驚訝又感動的表情吧。

「小光里，待會要不要稍微去散個步？這裡好像有參觀步道耶。」

「可以啊。」

兩人正逐漸變得親密。

因為看不下去，我將目光移到自己的手持煙火上。

「為什麼呢？」

一旁的早坂同學這麼說著。

「橘同學為什麼沒有選擇桐島同學呢？為什麼要刻意在桐島同學面前做出會讓他難過的事呢？為什麼……咦？」

淚水從早坂同學的眼眶中一滴滴地掉了下來，對此她自己似乎也很驚訝。

「真奇怪呢，我是因為橘同學沒有讓桐島同學得到幸福而感到難過嗎？還是因為只有橘同學才能讓桐島同學幸福而感到悲傷？又或是為了橘同學明明待在學長身邊，桐島同學卻依然看著橘同學的事感到難過呢……我已經搞不清楚了。」

擦掉眼淚之後，早坂同學露出了疲憊不堪的表情。

不僅眼中沒有神采，甚至失去了修飾表情的餘力。

「不過，我會加油，會好好努力的。看著吧，我會好好加油的。」

早坂同學像是在說夢話似的不斷重複說著。

「我想成為桐島同學的好女友，當一個出色的備胎女友。所以才想為了桐島同學做事，想幫上桐島同學的忙，桐島同學、桐島同學、桐島同學、桐島同學、桐島同學。」

「我說，早坂同學。」

我打斷了她說的話。

「煙火已經放完了。」

「……啊，真的耶。」

早坂同學的眼裡再度恢復了神采。

我接過燒光的煙火，拿出新的煙火點燃並交給了她。

夜色之中，色彩鮮豔的火花正發出耀眼的光芒。這些雖然激烈，卻又有些寂寞的光芒，看起來就像是我們那容易變化的感情。

我喜歡橘同學。

喜歡早坂同學。

也喜歡柳學長。

我不想談受到大眾常識拘束的戀愛。

也不想談會被世人責備的戀愛。

這些不斷湧現的感情全都是我的真心話，但其中又有著強烈的矛盾。

明知不可能十全十美，卻還是產生這種念頭的心情實在難以說明。

但我認為這就是戀愛，就是所謂的人性。

眾多的情感正一邊發出啪嚓啪嚓的聲響，不斷改變顏色和形狀，並在當下燃燒著。因此戀愛中的人在行動跟思緒上才會失去一貫性跟脈絡，但正因為如此矛盾卻依然成立，才更讓人難以理解。

或許，這個世界上並不存在能完全用理論說明的戀愛。

我們會受到當下產生的真實感情左右，產生各種迷惘、煩惱，有時甚至會忘了自己真正的心情，甚至沒能注意到自己的想法是由過去變化而來，無法追上這種變化。

早坂同學也是如此。所以她才會陷入混亂。

「早坂同學，對不起。我應該向妳道歉。」

「為什麼？」

「妳不是個該被當作備胎的女孩子。」

而是該談一場普通戀愛的女孩子。

但我卻讓她做出這種事，導致她情緒變得不穩定。

「才沒那回事呢。」

早坂同學搖了搖頭。

「我才不是乖寶寶呢。就是因為討厭這樣，當桐島同學提出備胎間的交往時才會覺得很開心啊，我可是個壞孩子喔。」

「即使如此，現在早坂同學的內心十分混亂，我想妳自己應該也很清楚。」

「是呢。」早坂同學無精打采地低著頭。

「我該怎麼辦才好呢？」

「我想妳該整理一下心情比較好。」

「桐島同學整理好了嗎？」

「……我已經放棄橘同學了。」

我這麼說完後，早坂同學先是嚇了一跳，接著顯得有些開心，但馬上又轉變成困惑的表情。

「咦？我可以感到高興嗎？好像不行吧，但還是很開心……」

她的雙眼再度失去了神采。

「抱歉，總覺得怪怪的。我先回房間去了。」

她說完就返回了旅館。

我暫時獨自玩了一下線香花火。

不久後煙火都放完了，大家便開始收拾。

「桐島，我來幫忙。」

提著水桶朝我走來的學長嘴角微微揚起。

「發生了什麼好事嗎？」

聽我這麼問，學長有些不好意思地搔了搔鼻頭。

「雖然只有一點點，但我覺得自己跟小光里的感情變好了。」

「那真是太好了。」

「桐島你呢？跟小早坂有進展嗎？你們感情看起來似乎不錯就是了。」

當學長這麼問的時候，手機震動了一下。

我朝畫面瞄了一眼。

『來我房間。』是來自早坂同學的訊息。

我看著學長，並留意著離我有段距離的橘同學開了口：

「我跟早坂同學處得還不錯，今晚我有重要的事情要對她說。」

我刻意講得很大聲，但橘同學依然若無其事地專心收拾著。

雖然我說要放棄橘同學，卻還是期待她能有所反應。到了這個時候，我內心依然殘留著矛盾的心情，一切都是愛情的力量作祟。

不過，我認為自己該讓事情回歸正軌了。

◇

由於淡季沒有客人，旅館給了我們幾間雙人房。

房間依照我跟學長、牧跟山中同學、早坂同學跟橘同學、酒井跟三木老師的方式分配。

也就是說，早坂同學找我過去的，是她跟橘同學共用的房間。

不過橘同學已經跟學長去散步了，所以不在房裡。

「早坂同學。」

「……進來吧。」

身穿浴衣的早坂同學正縮著身子獨自坐在和室椅上。

「我去泡茶。」

她用熱水壺的水幫我泡了杯綠茶。

我坐在她對面，默默地喝著茶。

「我好像冷靜下來了。」

早坂同學說。

「繼續剛才的話題吧。」

「說得也是。」

我點點頭，將剛才沒說完的話說了出來。

「我已經放棄了橘同學，所以說——」

我們正式開始交往吧。

這就是這件事該有的樣貌。將橘同學跟學長，還有我跟早坂同學湊成一對。

但就當我準備說出口的時候，早坂同學打斷了我。

「——不行喔。」

她的語氣雖然溫柔，卻寄宿著強烈的意志。

「因為那只是你的溫柔啊。」

「但我喜歡早坂同學是事實。」

「我知道，但是不行。這種喜歡是不行的。」

「待在房間裡的時候，我好好想過了。」她這麼說著。

「換作平時的桐島同學，一定還不會放棄。因為學長跟橘同學只是訂了婚，連手都還沒牽過嘛。」

早坂同學說得沒錯。仔細想想，現在還不到放棄的時候。

要是現在放棄，這就會成為一場雖然具有戲劇性，卻只是自我陶醉的戀愛。我認為繼續忍耐，等待下次機會來臨，才算是誠實面對愛情。

難過時變得自暴自棄是不對的。

幸福就藏在忍耐與冷靜之後才對。

「原因在我身上吧。」

早坂同學這麼說著。

「都是因為我變成了這樣，你才打算放棄橘同學對吧。」

沒錯。我實在看不下去早坂同學正逐漸走向崩潰的模樣。

「不過，這都是桐島同學的錯喔。」

「是我的錯？」

「讓我的心變得奇怪的人是桐島同學。不過，原因為並不在備胎這個身分上，問題不在那裡。」

「那麼，我究竟錯在哪裡呢？」

「要是無法跟最喜歡的人在一起，我們就會交往對吧？」

「沒錯。」

「但桐島同學要是沒能跟橘同學交往，你的心也不會留在我身上。」

她說自己對此感到不安。

「就算我們正式開始交往，你的心也會一直思念著橘同學。」

「原來妳是這麼想的啊。」

「……嗯。」

放棄橘同學之後，我也不知道自己究竟會用什麼想法看待她。

該怎麼面對已經結束的戀情，又是一道難題。

「總覺得我會變得孤零零的一個人，桐島同學跟學長都會被橘同學奪走。」

「我喜歡早坂同學。」

「那麼就讓我相信你啊。」

早坂同學站了起來。

接著走到在榻榻米上鋪好的棉被上，再次坐了下來。

「讓我相信你，在你第一順位的戀情無法實現時會好好來到我身邊。在我的戀情無法實現時，桐島同學能好好成為保險讓我感到安心。這樣我就能好好加油，能努力地去追尋自己第一順位的對象。」

早坂同學張開雙手，催促我前往她身邊。

她的表情看起來十分寂寞，於是我也走到棉被上抱住了她。

早坂同學喜歡被擁抱，我認為這麼做就能讓她的情緒平靜下來。

但是——

早坂同學卻維持著被我抱住的姿勢，自己主動往後躺了下去。

看起來就像我推倒了她。

「早坂同學？」

「吶，桐島同學，我們是情侶吧？」

「是啊。」

「是真正的男女朋友對吧？」

「那當然。」

「那就來做，大家都會做的事情吧。」

她指的，大概是比接吻更進一步的事。

「……我想成為你真正的女朋友。」

明明浴衣的胸口都走光了，但早坂同學卻不打算重新打理好。

「依照時機跟場合不同，我也有可能失去理智喔。」

「我希望你失去理智，讓我知道你是真心喜歡我。」

我吞了一口口水。

我雖然重視備胎，但在其之上有著第一順位，所以才制定了只能到接吻為止的規則。

不過現在回想起來，或許就是因為不肯更進一步，才讓早坂同學感到不安也說不定。正因為認真跟女孩子相處就會變成這樣，我才會一直逃避也說不定。

「可以嗎？」

「可以喔。」

「要是做了這種事，我們的關係或許就會產生決定性的變化。」

「嗯。因為我是個笨蛋，或許桐島同學會就此變成我的第一順位呢。」

早坂同學露出感到有些困擾的笑容這麼說著。

確實，要是跨過了那條線，喜歡的順序就有可能發生改變。

我可能也是這樣。現在回想起來，我甚至覺得或許就是因為害怕橘同學不再是我的第一順位，自己才會無意識地不肯踏出那一步。

「如果真的變成那樣，到時候我可以拚命向溫柔的桐島同學撒嬌嗎？」

「可以啊。」

「要是變成第一順位的女朋友，我可是很沉重的喔？」

「沒關係的。」

「……桐島同學。」

早坂同學閉上眼睛，抬起下顎。

我將身體倚靠在早坂同學身上，打算直接吻上去。將一直以來壓抑的情緒全部發洩到她身上。

她的體溫、心跳，以及身體的柔軟傳了過來。

就在這個瞬間。

房門突然打開了。

我們朝那個方向看去，並打算找藉口。不過門口的橘同學卻早一步開了口：

「你們在做什麼？」

她用有些困擾的表情說著：

「那裡是我的床位。」

◇

我跟早坂同學拘謹地坐在棉被上。

橘同學在離我們有點距離的地方，側放雙腿坐著。

好尷尬。

由於橘同學在最不妥的時機回來撞見那一幕，事情才變成了這樣。

「妳不是跟學長去散步了嗎？」

「還不是因為某人刻意把話講得很大聲。」

橘同學用平淡的表情說著。

「比起這個，你跟早坂同學是這種關係嗎？」

「才不是呢。」

早坂同學刻不容緩地回答道。

「哼嗯——」

「……因為我有其他喜歡的人了嘛。」

「既然如此，就不該做出這種事情吧？你們那看起來是打算接吻吧。」

聽橘同學這麼說，早坂同學沉默了下來。

接著不久之後，她做出了「這是練習」的回答。

「我正在跟桐島同學練習接吻。」

「這說法簡直就像你們經常這麼做呢。」

「嗯，是這樣沒錯喔，畢竟是練習嘛。我們已經做過好多次，數都數不清了。」

面對這挑釁般的發言，這下輪到橘同學陷入了沉默。

她明顯不開心地說了句「什麼意思嘛」。

現在這個房間裡，正孕育著和我們先前三者之間的關係不同，僅限此刻的尖銳感情。

早坂同學說的練習用男友這個藉口並不壞。她似乎顧慮著我心中的第一順位，打算減輕接吻現場被目擊時的傷害。

不過很明顯的，那份感情正筆直地刺向橘同學。

橘同學也失去了以往的冷靜。

「當然，社長要跟誰接吻都跟我無關就是了。」

「是啊，畢竟橘同學已經有柳學長了嘛。」

兩人話中有話地看著彼此，感情激烈衝突。

「話說回來，早坂同學會用練習的名義來接吻呢。」

「是啊。」

「換作是我就不會用上這種理由喔。」

「橘同學意外地孩子氣呢。」

早坂同學比以往還要好戰。從她的角度看來，橘同學是將我跟學長搶走的人，或許就是這股情感讓她變得這麼有攻擊性也說不定。

不過，橘同學也不會一味地悶不吭聲。

「那麼，就接個吻來看看吧。」

她唐突地說出這種話。

「咦？」

「讓我見識一下妳跟社長接吻，做得到吧？」

連早坂同學也因此顯得動搖。

我也因為不想在別人面前接吻而感到困擾。

「橘同學不介意看我們接吻嗎？」

早坂同學語帶狼狽地反問道。

「不介意啊。正如早坂同學妳所說的，我已經有未婚夫了，剛好能當作參考。」

「而且啊——」橘同學接著開口。

「我的『喜歡』僅此唯一，不會三心二意。所以就算見到別人接吻也不會有什麼想法，畢竟我的喜歡可沒那麼隨便。」

說出了有些諷刺的話語。

早坂同學的表情雖然沒有變化，但似乎已經發火了。

「桐島同學，來做吧。」

她說完之後，跪著朝我的臉靠了過來。

「慢著，早坂同學。」

「既然橘同學說想看，那就讓她看吧。」

「不，這樣實在——」

我朝橘同學看了一眼，她的表情比以往更加冰冷。

「社長，讓我見識一下吧。你們已經很習慣了吧。」

她竟然說了這種話。

兩個女人起爭執的時候，根本沒有男人插嘴的餘地。

當我還打算說些什麼的時候，早坂同學雙手抓住了我的衣領。

已經逃不掉了。

「橘同學，看清楚嘍。」

早坂同學的嘴唇抵了上來。

起初這的確是個保守，又在意他人眼光的吻。但在早坂同學側眼看了橘同學，發現對方表情沒有任何變化之後，她便更積極地貼了上來，還開始改變角度。

這不是正在被人觀看時的吻，而是為了表現給某個人看的吻。

不，這個說法也不對。

這是刻意要給橘同學看的吻。

我也對此做出回應，並抱住了早坂同學，將舌頭伸進了她嘴裡。當下早坂同學似乎有些吃驚，但很快也將舌頭伸了過來。

「桐島同學，給我唾液。」

早坂同學完全打開開關，露出了陶醉的表情。

我偷偷朝橘同學看了一眼。

希望她感到嫉妒。

我一邊跟早坂同學接吻，一邊想著這種事情。

橘同學的表情還是依舊冷淡。不過——

「讓我多看一點。」

她擺出了這樣的眼神，這讓我有股直覺。

橘同學想感到嫉妒。就像我一直邊看社群網站邊做的事情一樣——

這個吻代表了在場三人的感情。

我希望橘同學跟我有著相同的心情。正如我一直感到嫉妒，想把她從男友身邊搶過來一樣。我希望她也嫉妒我，渴望著把我奪走。

這個瞬間，早坂同學並不是備胎，而是作為我的女友在展示給橘同學看。她正主張自己的女友身分，宣洩著自己至今的鬱悶情感。其中或許也有著對於自己第一順位成為了她未婚夫的報復也說不定。

橘同學會想看我們接吻，是為了測試自己的感情。還真是彆扭呢。而她現在雖然仍是一副無所謂的表情，但卻不停地用手指捲起自己的頭髮撥弄著。這是橘同學在心情不平靜時少有的習慣。

我們就這麼投身在感情宛如風暴般激烈的時光中。

當這陣熱潮消退之後，最先恢復理智的人是早坂同學。

「……我真是個笨蛋。」

不知道她是因為在別人面前接吻感到害羞，還是對自己針對橘同學的事感到自我厭惡。

早坂同學紅著臉整理起自己凌亂的浴衣。

「我稍微去冷靜一下。」

當她說完準備走出房間的時候，她這麼對橘同學說道：

「……這一切都是我單方面的要求，桐島同學只是陪我練習而已。全都只是我的任性，桐島同學沒有任何錯。」

橘同學一句話都沒有說。

早坂同學則是低下頭去，完全不肯抬起頭來。

「……橘同學不可以做練習喔，這是壞孩子才會做的事。」

她說完之後就走出了房間。

房間裡只剩下我跟橘同學兩個人。

橘同學彷彿什麼事都沒發生似的用茶壺泡起了茶。

「社長也要嗎？」

「啊、嗯。」

因為她的態度過於普通，剛剛那段時光簡直就像虛假的一樣。

那或許是所謂的仲夏夜之夢也說不定。

在那之後我們並未交談。我喝完茶後，準備返回自己的房間。

「那麼，我就先離開了，明天見。」

這樣下去是不是就能當作一切都沒發生過呢，我這麼想著。

希望今晚發生的事能夠全部當作沒發生，就當作是搞錯了吧。

但是在我起身的瞬間，橘同學朝我撲了上來。

我失去平衡，往後倒了下去。橘同學也跟著倒下，整個人趴在我身上，並用雙手抓住了我的胸口。

「我非常不高興。」

橘同學表情認真地說著。

她很罕見地表露出感情，看起來怒火中燒。

接著橘同學吻了上來。因為動作太過用力，她的牙齒撞上了我的嘴唇內側劃出了一道傷口，使我忍不住別過了頭。

嘴裡充滿了血的味道。

「抱歉，我不知如何拿捏。因為我沒有練習過，所以這是第一次。」

一邊這麼說著，橘同學再度一次接著一次，將嘴唇抵了上來。

這是個伴隨著痛楚的吻。

粗魯地親吻了一會之後，橘同學站了起來。

「看來我是個壞孩子呢。」

表情十分滿足。

「橘同學，做這種事情不太好。柳學長他——」

「別說了。」

橘同學打斷了我的話語。

「別再繼續說這種話了。如果你真的顧慮柳，真的想疏遠我的話，就不會拍那種電影了。」

「妳在說什麼。」

「裝傻也是沒用的，你不可能沒發現。」

面對她不由分說的氛圍，我沉默了下來。

橘同學一語不發地凝視著我的雙眼。

時鐘指針跳動的聲音傳了過來。

在彷彿靜止的時間中，我妥協地開了口：

「……妳用了易位構詞。」

橘同學隨即像個惡作劇被發現的孩子般笑著說：「看吧，你發現了。」

沒錯，那部電影短片裡包含了其他訊息。

那是橘同學對我的告白。

而不是對柳學長的。

◇

在橘同學撰寫的劇本中，登場人物的姓名都有些奇怪。

霧山麒麟寺、湧井果油、帝塚山貝雷坊。

葉子就該藏在森林裡。

真正有意義的名字只有一個。

石倉森下（Ｉｓｈｉｋｕｒａ　Ｍｏｒｉｓｈｉ）。

只要調整羅馬拼音的順序就會變成——

桐島司郎（Ｋｉｒｉｓｈｉｍａ　Ｓｈｉｒｏｕ）。

在電影中，橘同學向學長飾演的石倉森下告白了。

「我喜歡石倉森下。無論發生什麼事，今後我也會永遠愛著你。」

因為語氣太過認真，任誰都會覺得這是橘同學在現實中對柳學長的告白。但是，這句話對我來說是這樣的。

『我喜歡桐島司郎。無論發生什麼事，今後我也會永遠愛著你。』

換句話說，她是一邊演著對學長的愛意，一邊向我告白。

橘同學或許真的是戀愛的天才。

◇

橘同學依然騎在我身上，她的表情看起來有些開心。

「司郎其實是喜歡我的吧。」

我的感情完全被她看穿了。

「我也喜歡司郎喜歡得要命喔，你應該知道吧？無論我對你多麼冷淡，跟柳他走得多近，你依然一派從容，對此沒有任何懷疑對吧？」

橘同學雙手撫摸著我的身體。

「都有訂婚對象了，就不該做這種事。」

「你還想當個好學弟呢。」

「但是，已經不行了。」橘同學這麼說著。

「如果你真的顧慮柳，想要拒絕我的心意，就不該拍攝那種電影短片。至少應該更換劇本，或是角色名稱才對。沒有這麼做，是因為司郎你打從心底想要我，希望我能一直喜歡你的緣故，沒錯吧？吶，見到那個場景你高不高興？發現自己比學長更被人深愛著你開心嗎？」

開心到令人受不了。

真是的，橘同學真讓人困擾。居然看穿了我所有的掩飾，將我藏在心底的狡猾想法說了出來，還直接包容了如此膽小的我。

當時面對橘同學那令人難以置信的好感，使我全身充滿了快感，甚至到了能不在乎其他人的程度。

「剛剛那麼粗魯真是對不起喔。」

橘同學用手指撫摸著我的嘴唇。

「因為太不高興，我才刻意那麼做的。」

「我就知道。」

「可以再來一次嗎？」

我還來不及回答，橘同學就更快地吻上了我的嘴唇。

這次的吻非常溫柔。從若即若離的方式開始，嘴唇相碰之後，橘同學的舌頭才慢慢地伸了過來。

我的腦袋深處逐漸麻痺。

橘同學溫柔地舔著我被牙齒劃到的傷口。

「有血的味道呢。」

「真是不健全。」

「你跟早坂同學接了幾次吻？」

「數也數不清了。」

「真讓人不高興。」

我們之後又接了好幾次吻。

甚至到了我喘不過氣的程度。

當我們分開之後，橘同學顯得相當滿足。

「吶，司郎，你喜歡早坂同學嗎？」

不知為何，橘同學邊說邊朝連接走廊的門看了一眼。那視線看起來就像是在注視門的另一端，導致我什麼話都說不出來。

「算了也罷。」橘同學說完朝我轉了回來。

「可以喔，我會做司郎所希望的事。」

橘同學這麼說。

「我會繼續當柳的未婚妻。」

——畢竟你不想背叛學長，也不想承擔破壞我家庭的責任吧？

「司郎也可以跟早坂同學維持現狀。」

——否則早坂同學會壞掉的，你也不想成為傷害女孩子的男人吧？

「你想繼續跟喜歡的學長好好相處，想溫柔對待喜歡自己的女孩子，也想讓初戀的女人成為自己的東西，沒錯吧？不需要對我隱瞞喔。」

這是我說不出口的，自我中心的願望。

「我會全部幫你實現。你可以跟學長交好，繼續跟早坂同學打情罵俏。即使如此，我還是願意成為司郎的女人，願意為你保密。」

所以——

「我們就瞞著大家，盡情地做壞事吧。」

最後，橘同學露出開朗的表情豎起兩根手指說道：

「我當備胎女友也沒關係。」

待續

我當
備胎女友
也沒關係。

後記

各位讀者大家好，我是作者西条陽。

實在非常感謝各位願意拿起本書閱讀。

那麼，本書中有兩名女主角登場。

早坂茜跟橘光里。

在故事中，擔任主角的桐島曾說過自己最喜歡的人是橘，而第二喜歡的是早坂。這是他透過審視自己的內心，得出了似乎是這麼回事的結論，是他個人的判斷。

說實話，各位讀者喜歡的是哪個女孩子呢？

嘴上說著「我不會再說沉重的話了」卻愛得很沉重的早坂茜，以及習慣性地說著「無所謂」，實際上卻在意得要命的橘光里。

像這樣寫出來，才知道兩人都是非常麻煩的女孩子，也有種選擇很極端的感覺。

只要換個問法，或許答案也會因此改變。

各位想跟誰交往？交朋友的話是哪個？又是支持哪一邊呢？

不，我選的不是早坂也不是橘，而是酒井！或許有這種人也說不定。

抱著「想聆聽讀者們的聲音」這個想法，我努力到了今天。

就算回答「兩位女主角都很喜歡」也沒問題。雖然桐島在心中對她們做了排序，但現在他在兩位女主角的壓力下，是否能好好做出選擇這點令人懷疑。

順帶一提，作者我還沒想好這個故事的結局。這是因為本作品的主題是尋找不受世間印象束縛，原創形式戀愛的關係。所以桐島、早坂跟橘應該會各自不斷地反覆嘗試，直到他們自行抵達結局為止。

在撰寫本書時也和責任編輯討論出了，結局應該由登場人物們的行動和心情，以及其中產生的變化來決定這個結論。

雖然仍有些笨拙，但希望各位能守望他們的結局。

以下是謝詞。責任編輯、電擊文庫的各位、負責校稿的各位、將本書上架的各大書店，以及跟《我當備胎女友也沒關係》出版相關的大家，實在非常感謝。

Re岳老師，謝謝您提供漂亮的插圖。我跟責任編輯很少討論關於原稿以外的事，但這次我提出了「如果對方願意，我希望由Re岳老師來負責插畫」的要求，結果完成的插圖品質超乎想像，實在非常感激。希望今後也能一起讓本作更加熱鬧，請多多指教。

最後我要再次感謝各位讀者。

為了多少能讓大家覺得有趣，我會繼續努力寫作。

文化祭/窗簾背後
掉落的內衣/絕對服從
旱坂方案/左手的去向
想踢你/不道德RPG
0.03釐米/打破門禁
擺動的腰/光影效果
晚上的公園/虛榮心
灌/結束的戀情/結婚迷
第三位女孩/接吻/
幕後再吃這種類型
修羅場/輕咬/地獄
時候的我/狗與飼
的事/寵物玩法

第二集即將發售 敬請期待！

也沒關係。

與項圈/汪汪
會變得很差

Kadokawa
Fantastic
Novels

100%的女朋友

完全青春計畫/
後夜祭/女性之恥
保險套超薄
期間限定的戀愛/
有顏色的世界
最優秀情侶參賽
安全期/應用篇/
會先把漢堡壓
柴犬光里/舔拭/
回憶起十幾歲那
一般情侶會做

「因為我沒有任何價值嘛。」
「很沉重喔？」
「我也不是笨蛋。」
「我是打算要約會的。」
「請給我獎勵。」
「香水要塗在哪裡呢？」
「司郎……請讓我……換氣吧。」
「你們做了嗎？做了對吧？」
「請罵我吧！」
「我是第幾順位？」
「對不起踢了你。」
「……被羞辱了。」
「你可以隨意玩弄我的身體喔。」
「小早坂喜歡我吧？」
「剛剛的，再來……」
「餵我喝吧。」
「要是沒喜歡上你就好了。」
「請不要討厭我。」
「別變成壞人喔。」
「你又把小茜玩壞了吧。」
「請收下我的一切吧。」

作者／西　条陽　　插畫／Re岳

我當備胎女友

喘息個不停/制服
壞狗狗/我有時候

「桐島，我相信你喔。」
「一起做壞壞的事吧。」
「打我、責備我吧。」

不時輕聲地以俄語遮羞的鄰座艾莉同學 1~3 待續

作者：燦燦SUN　插畫：ももこ

政近與艾莉進展到在家約會!?
和俄羅斯美少女的青春戀愛喜劇第三彈登場！

期末考即將來臨，政近將努力念書當成第一要務，然而昔日和周防家那段無法抹滅的過節以意外的形式出現，政近因而病倒──「有希同學拜託我來的。她要我照顧你。」「……」【騙你的。】（嗚咕呼！）艾莉竟無預警來到政近家要看護他！

各 **NT$200~260/HK$67~87**

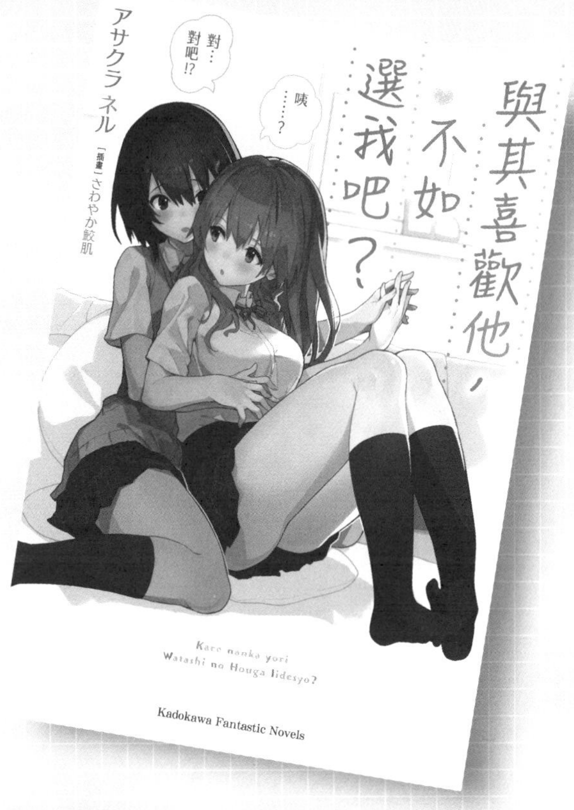

與其喜歡他，不如選我吧？

作者：アサクラ ネル　插畫：さわやか鮫肌

即使她有喜歡的男生我也要攻略她
臉紅心跳的百合戀愛喜劇揭開序幕！

從小就認識的少女堀宮音音有了喜歡的男生。雖然同是女生，但水澤鹿乃喜歡音音。不知不覺間，音音在鹿乃心中的地位已不只是單純的摯友。儘管如此，鹿乃在百般煩惱後的結論卻是：「就算得不到她的心，也還有機會得到她的身體……！」

NT$220/HK$67

國家圖書館出版品預行編目資料

我當備胎女友也沒關係。/西条陽作；九十九夜譯.
-- 初版. -- 臺北市：臺灣角川股份有限公司,
2022.11-
冊； 公分. -- (Kadokawa fantastic novels)
譯自：わたし、二番目の彼女でいいから。
ISBN 978-626-321-972-4(第1冊：平裝)

861.57 111014975

Kadokawa
Fantastic
Novels

我當備胎女友也沒關係。1

（原著名：わたし、二番目の彼女でいいから。）

2022年11月23日 初版第1刷發行
2023年10月16日 初版第2刷發行

作　者：西条陽
插　畫：Re岳
譯　者：九十九夜

發行人：岩崎剛人
總編輯：蔡佩芬
編　輯：黎夢萍
美術設計：莊捷寧
印　務：李明修（主任）、張加恩（主任）、張凱棋

發行所：台灣角川股份有限公司
地　址：104台北市中山區松江路223號3樓
電　話：（02）2515-3000
傳　真：（02）2515-0033
網　址：www.kadokawa.com.tw
劃撥帳戶：台灣角川股份有限公司
劃撥帳號：19487412
法律顧問：有澤法律事務所
製　版：巨茂科技印刷有限公司
ISBN：978-626-321-972-4